吾生有杏2

點滴在心頭

陳家亮 著

www.cosmosbooks.com.hk

書　　名　吾生有杏2──點滴在心頭
作　　者　陳家亮
責任編輯　王穎嫻　郭坤輝
美術編輯　郭志民
出　　版　天地圖書有限公司
香港黃竹坑道46號新興工業大廈11樓（總寫字樓）
電話：2528 3671　傳真：2865 2609
香港灣仔莊士敦道30號地庫（門市部）
電話：2865 0708　傳真：2861 1541
印　　刷　亨泰印刷有限公司
香港柴灣利眾街德景工業大廈10字樓
電話：2896 3687　傳真：2558 1902
發　　行　聯合新零售（香港）有限公司
香港新界荃灣德士古道220-248號荃灣工業中心16樓
電話：2150 2100　傳真：2407 3062
出版日期　2022年7月 初版・香港

ISBN : 978-988-8550-37-1

序一：一副好心腸、一手好文章

吾生有幸，在人生路上病患途中，曾受過不少仁醫名醫無微不至的診治和照顧。

遇上努力照顧病人，以醫好他們為己任的好醫生，是病人的福氣；但遇上以改變世界為抱負，將「吾生有杏」的「杏」由狹義推至廣義的陳家亮教授，則絕對是我的運氣。

陳教授領導的香港中文大學醫學院，只有短短四十年歷史，全球排名已是第二十九位；他和團隊在腸胃科的研究，更是首屈一指名聞遐邇。

自二〇一四年開始，陳教授多開一扇窗，以每週手記的方式，透過報刊為廣大讀者帶來思想及生命衝擊，與社會不同階層作互動交流，文章刊出時早已傳誦一時，而我每週拜讀之餘，更獲他邀請為「吾生有杏」結集二寫序言作見證，又怎敢輕易推辭？

今天，陳教授孜孜不倦，不停做研究、教學生、醫病人、當領導，還加上寫文章，誓要令「這個世界再不一樣」，他矢志要把包圍我們四周的高牆逐一拆去，因為高牆之外有更大的禾場和無限的風光。

作為老師，他教導學生醫病須兼醫人、學醫先學做人，把醫生與病患之間的高牆拆去。

作為學者，他推廣國際專家團隊多作跨學科研究，把不同專科與專業之間的高牆拆去。

作為院長，他推動大學與醫學院走進社區，把學院與和社會之間的高牆拆去。

作為作者，他把個人的經驗心得與不同受眾分享，把象牙之塔、白色巨塔和公眾之間的高牆拆去。

他意在言外、志在牆外，透過文字書寫和身體力行，進行各種形式的外展（outreach）的工作，把接觸（reach out）的對象不斷擴大，務要把人與人、實驗室與實驗室、社群與社群、甚至是國族與國族之間的隔閡逐步減少，把彼此的距離逐漸拉近，令各種無形的高牆最終不再存在，未來醫學以至個人理想會有更多的發展空間與想像可能。

細看《吾生有杏》兩書的一百多篇文章，讀者不難發現陳教授的初心：由第一集的「行醫」、「學醫」、「院長醫生的日常」開始，然後發展至第二集的「醫療制度」、「醫患軼事」、「心靈勵志」和「生活醫言」，層層推進，字字珠璣。每一篇文章都是陳教授一次拆毀或建立的分享、倡議及嘗試，拆毀的是溝通的屏障、心靈的誤會、期望的落差、體制的失誤……重建的則是醫患、師生、官民、社會、傳媒彼此的信任與信心。

《聖經・歷代志上》有一極其聞名的雅比斯禱告，內容是「甚願你賜福予我，擴張我的境界」。難得陳教授擁有一副好心腸和寫得一手好文章，把「杏」和「杏林」的境界不斷擴張。他憑着無比的決心和努力，一點一滴、一步一腳印地去完成從小就想當好醫生的夢想，盼望你讀完他的文章之後，也和我一樣同受感動，繼續追讀他的手記和大力支持他的工作，令這個世界不單再不一樣，可以擁有更多無牆的醫院、學校、社群……更會把更多「同人」變成「同仁」，並且賦予「仁心仁術」「醫病醫人」更廣泛和深層的意義，病患對醫護人員有更合理的期望，醫學生對病患有更深切的了解，醫院有更完善的架構和系統，政府有更整全的規劃與政策……

為此，我熱切期待陳教授的下一本新作！

禤永明

何鴻燊博士醫療拓展基金會行政委員會主席

二〇二二年五月二十三日

序二：一起走過筆耕的日子

收到院長邀請作序時，不敢怠慢，立即把他在《明報》的專欄文章再細讀一遍，許多回憶霎時間湧現出來。

「吾生有杏」是院長在二〇一四年開始在明報寫的專欄。那年我剛加入醫學院，負責對外事務，因此也負起與編輯每星期交收院長的稿件的角色，亦有幸成為每篇文章的第一位讀者。專欄開始時，院長和我都帶着戰戰兢兢的心情。正如院長講，醫學論文他就寫得多了，但副刊文章還是頭一趟。所以頭一年，每一篇文章院長都是寫完又寫，改完又改，每星期都為寫甚麼題材的文章而費煞思量。

之後，因為院務繁忙，院長又要經常出國講書開會，交稿的時間開始變得「飄忽」，由本來的週記，變成雙週記，再後來變成月記⋯⋯在此我們十分感謝報館上下對我們的包容。編輯部又不時轉交讀者的問候和回應，為院長繼續寫這個專欄打下強心針。

轉眼間，這個專欄已經寫了八年，稿件也積累了二百多篇。大家都不難想像院長要同時兼顧研究、睇症、教書和行政，工作繁忙，何來有空「爬格仔」？因此不時都有人問院長，這些真是他親筆寫的嗎？還是找人代筆的呢？我可以為他作見證，每一粒字都是他親筆寫的，每篇文章的題材都是他親自想出來的。當中不少是他在外國講書時在飛機上寫的；更多是他在夜闌人靜時執筆的。事實上，不少稿件是院長清晨四、五點傳來的，可以估計院長是整夜沒睡了⋯⋯

這八年間，我從旁觀看，透過這些文章，看到院長的另一面。我慣常會在星期五早上問他會不會有稿交，當他應承了會交稿後，那天無論他有多忙，無論遇上甚麼突發事件，他都會堅持兑現他的承諾。曾經不止一次我見到勢色不妙，便問他是否想「脱稿」一次，他都會堅持。這份排除萬難、履行承諾的決心和堅持，值得我好好學習。

此外，院長不時在文章中分享他的想法，試過很多次我看到院長的初稿時，我心都不禁覺得「很 Juicy 喎」、「題材很敏感啊」、「一定會觸動很多人的神經」。作為醫學院公關，我都會忍不住問問他：「真的要這樣寫嗎？」「是否需要再思考一下用辭呢？」儘管明白會引起迴響和討論，但院長都堅持説心底話。這份「我手寫我心」的赤誠，在現今世代也是彌足珍貴。

今天重新翻閱這些稿件，發現這八年間不論是他個人、家庭、醫學界、以致整個香港社會都有過不少經歷，他的文稿也正好為這些事件作一個記錄。有幸可以加入中大醫學院、參與醫學院這些年間發生的大小事情，見證院長這八年的筆耕歲月。我衷心希望喜歡《吾生有杏》的讀者在閱讀書中文章的同時，明白每篇文章也是寫來不易，也能感受到院長在字裏行間傳遞的溫度。

李慧心

中大醫學院傳訊組主管

二〇二二年五月

自序：點滴在心頭

小時候，我的婆婆經常對我說：「你注定是辛苦命，要捱足一世啦！」我不明白，於是經常追問婆婆：「為甚麼我的命不好？怎樣才可以變得好命？」但她總是搖頭嘆息：「萬般皆是命，半點不由人。」

我自小便被看低一線，引用今天賽馬術語，就是那些第七班馬兼獨贏賠率二十倍，即是那種不算最冷但又不是熱門的普通貨色。自小經常面對這些負面的嘴臉，其實一點也不好受。長大了，雖然令那些小看自己的人大跌眼鏡，但每次想起那些年，總不免有「寒天飲冰水，點滴在心頭」的感覺。

我樂意分享自己過往無數辛酸挫敗的經驗，因為我相信不少年輕人也有機會面對類似遭遇。要說一聲放棄、扯白旗投降其實很容易！只是我那種不服輸的性格每次都將我再撐起來。我總是心想：「有本事便把我打至無力再爬起來吧！」於是便繼續揮重拳，直到對手放棄為止。

有人以為這一切都是前塵往事，如今當了醫生、教授、院長就應該變得一帆風順，沒有人再敢欺負我吧。事實並非如此，因為永遠都有人比你高、比你強，現實世界總是你的宿敵，它不會讓你像童話世界般從此便過着幸福快活的日子。加上自己愛追求夢想、不甘心跟現實妥協，所以多年來我對那些因循、去人性化的制度總會感到厭煩，縱或不自量力，始終不肯放棄心中理想。

如果制度是因循、去人性化，那麼人心便是所有問題的根源。行醫、教學、研究及從事行政多年，發現原來學識與地位往往只是披在外表的羊皮。當一個人要在大眾利益與個人榮辱之間作出取捨，學識與地位並不代表大眾利益或弱勢社群受到保障。

《吾生有杏2：點滴在心頭》是我多年來對某些醫療及教育制度、醫患關係的所見所聞，以及個人隨想而輯錄成的「吾生有杏」第二集。

還記得當日執筆之際往往有不吐不快、「我自橫刀向天笑」的衝動，可是身邊好友不斷提醒我還需要留在這個擂台上，面對比我更強的對手。除了不停地揮重拳外，有些時候也需要學習「難得糊塗」、「小寶神功」及「活在當下的大智慧」。只要初心不變，我深信機會總是留給那些不認命、繼續沉着應戰的人。

目錄

心靈勵志

生活醫言

“要改變醫療制度或價值觀，談何容易？但我們必須為着香港的長遠發展締造一個更全面的人才培訓方案，為懷抱不同理想的年輕人打造一個合適的環境和條件，讓他們一展所長。”

醫療制度

現今醫療強調企業管治文化，要打破這困局，並不是要放棄我們高質素的醫療體制，而是要平衡醫護訓練的核心價值。

惟有認清我們的核心價值是病人，才真正做到醫者父母心。

醫生，你認為甚麼是最重要？

當了醫學院院長，我經常被邀請到各大醫院作為顧問醫生（consultant）的評選委員。晉升為 consultant 絕非容易，候選人不單要具備豐富的臨床經驗，也需要相當的行政才能及領袖潛質。一個稱職的 consultant 應有領導者的風範、以身作則、帶領團隊克服困難及提升醫療質素。因此，能晉升到這個職位的機會並不高。不少醫生升至副顧問醫生（associate consultant）便到了他們仕途的盡頭。

為了考驗候選人的領導才能，我準備了一條處境式（scenario based）題目來測試他們。其實在過去多次的面試中，我都是用同一條問題考驗每名候選人，讓評選委員可以直接比較他們的表現，也讓我認識新一代

consultant 的領導及應變能力。

我的處境式問題如下：今早醫管局總裁梁栢賢醫生要視察你單位的運作。這是一項光榮，也是一個難得的機會，因為你多年來的努力終於受到賞識。作為單位的主管，你比任何人都了解它的運作特色。你正興高采烈地等待總裁大駕光臨之際，忽然有一位前線醫生向你緊急求救。有一位住院病人懷疑因人為疏忽，服食了十倍劑量的薄血藥（warfarin），出現大量腦出血而昏迷不醒。家屬極為震怒，要求立即與負責的主管見面，否則找傳媒揭發事件。病房的醫護人員沒法平復家屬的情緒，你的副顧問醫生正在休假中，而你的上司也不在香港。另一邊廂醫管局總裁很快便將到達。身為最高負責人的你，會怎樣處理這難題？

出乎我意料，大多候選人都是支吾以對、含糊其詞。而最令我咋舌的，還是其中一次的面試經歷。當那位候選人（化名項醫生）聽了我的問題，便開始冒汗。他第一個反應就是：「我要請示醫院行政總監！」當時我立即提醒他說：「我剛剛說過你的上司不在香港。」他跟着便說：「我要請示聯網總監！」可能他太緊張，我亦不厭其煩地說：「你的幾位上司都不在，你是醫院的最高負責人。」他沉思良久，突然像是想到了答案，說：「根據指引，我會在廿四小時內把這件 sentinel event（嚴重醫療事故）向醫管局通報！」我面色一沉，說：「項醫生，除了按指引跟程序外，你是決定去接見病人親屬，還是照原定計劃迎接醫管局總裁？」他不斷雙頰流汗，語音有點顫抖，說：「這個……是很困難的。這是一件嚴重醫療事故，必須小心處理。我會請 PRO（病人聯絡主任）應付這些家屬，我……迎接總裁是不可能改期的。這……兩件事情都是同樣重要的，我……這個……。」

聽他不斷的這個那個，我禁不住問他：「病人家屬指明要見你，前線同事也向你求助，你認為真的可以躲在 PRO 背後嗎？」項醫生一臉為難的樣子說：「我覺得 PRO 處理投訴的經驗比我好，況且我總不可能叫醫管局總裁空手而回，病人家屬那方面，可以等待PRO的報告再作打算。」聽到這裏，我內心有點不是味兒，於是便提出個人意見：「你有否考慮過放棄接待總裁，向他解釋你以病人為先，然後聯同PRO一起面對病人家屬呢？」這位項醫生一臉迷惘，好像從來沒有想過這方法似的。

評審委員見畢了所有候選人後，便討論他們的表現以決定誰能勝任consultant一職。令我感到非常意外的，是項醫生所屬的部門主管強烈地認為項醫生是最合適人選。他辯護說：「眾多候選人當中，項醫生最明白部門運作，也最可以分擔我的工作。至於他回應陳院長的問題……唉！他這方面的行政經驗尚淺……不打緊，慢慢來吧！」由於項醫生面試的表現強差人意，我不得不作出回應：「項醫生多年來對部門的貢獻是值得肯定的。問題在於他的領導才能是否適合擔當如此重要職位。作為一個部門領導，雖不能凡事親力親為，但面對嚴重突發事故，他應表現出智慧、勇氣和承擔。否則如何取信於前線同僚？如何令家屬相信我們是以病人為本？」

最終項醫生還是被選上擔任 consultant 一職……

挑選部門的領導階層需要考慮多方面的因素，當然不可能以一條面試題目定生死。然而這次經驗令我關注未來的醫療領袖培訓。因為醫護團隊需要一位具遠見、有決斷力、及肯承擔的領袖帶領他們、做他們的榜樣和作困難的決定。

我非常肯定像項醫生這類默默耕耘及付出的同僚。只是領導才能的培養除了是個人努力外，也很受環境影響。現今醫療強調企業管治文化，凡事講究程序公義、集體負責。個人的獨立思考往往被矮化，凡事需向上請示，所謂「多做多錯，少做少錯，不做不錯」。個人面目變得模糊不清，醫生慢慢變成了大機器內的小螺絲，病人與醫生的關係亦漸漸變成了顧客與服務員。

要打破這困局，並不是要放棄我們高質素的醫療體制，而是要平衡醫護訓練的核心價值。在講究企業管理之餘，亦必須鼓勵獨立思考。惟有認清我們的核心價值是病人，才真正做到醫者父母心。

二〇一四年十二月二十九日

俯首甘為孺子牛

過往兩星期，被視為「尖子跳級制」的醫學課程引起教育及醫學界廣泛討論。我收到很多問候和打氣的短訊，當中不少都想知道我對事件的感想。我衷心感謝大家對我的關心和支持的同時，亦很想藉此機會分享一下我在這事件上的反思。

現今本地的教育制度，是讓中學生多一年的大學教育，這是一個很大的進步。身為中文大學的畢業生，我支持母校四年制的教育理念，因為全人教育正是我們的核心價值。藉着這額外的一年，同學有更多機會接觸本科以外的知識，培養更成熟的品格和思考方法。

然而在這三三四的教育制度下，我們是否可以讓少數同學追求不同的學習和經歷？這些同學願意付出額外努力，例如利用暑假修讀課程，讓他們可以騰出更多時間去追求更廣更深的學問。

我有幾位很優秀的學生，他們獲得大學豁免部份課程，加上在暑假修讀額外學分，便以一年時間完成了首兩年的課程。他們利用騰出來的一年，根據自己的抱負各自發展，有同學到外國做交換生，有同學參加了一個碩士研究課程，也有同學計劃到非洲學習人道救援工作。這些同學比他人走了更遠的路，是因為他們自己付出額外努力，院校並沒有為他們提供速成或八折課程。

這一類的同學畢竟只屬少數。但從最近傳媒報道及社會上的討論，反映出這種教育模式還需要多點時間去溝通及尋求共識。

多年來我對教育都有一個夢想，就是栽培優秀的年輕人成為未來的僕人領袖（servant leaders）。

正如耶穌所說：「在你們中間，誰願為首，就必作眾人的僕人。」要當領袖，先要學會服侍他人。每個社會都太需要具有這種質素的領袖。面對優秀的年輕人，我覺得最大的挑戰並不是傳授甚麼高深的知識或技能給他們，而是如何建立謙虛的態度，讓他們認識到天地之大，明白自己是何其渺小；讓他們知道成功不單靠奮鬥與爭取，也懂得承傳與奉獻。

在多年的行醫生涯中，我遇過不少絕頂聰明的人。人愈是聰明，就愈需要學做人，這些知識以外的質素是靠經歷、體會和實踐一點一滴積累得來的。因此，我一直鼓勵醫學院的同事幫助學生爭取更多機會實習及海外交流，加強閱歷。

有人說得好：「多撥資源給資優學生是可以理解，但僅以一次公開試成績來界定如何分配資源是不公平的。」

還記得小時候，自己相當頑皮，讀書並不用功。若然當年的教育制度是以我小學的表現來決定日後的發展，相信我未必有機會進大學了。因此，我一直都堅持必須讓每位學生有足夠的機會去發揮自己的才華。

其實能考進醫學院的同學，全都是公開試成績十分優秀，他們的能力毋庸置疑。唯一的分別只是他們的才華和志向是在哪一方面發展。過往幾年，我和我的團隊積極地栽培一些有志向成為未來領袖的醫學生。受惠的不僅是小部份公開試成績優異的學生，還有愈來愈多是入學後才發揮潛能的同學。不論同學有沒有參與這個領袖計劃，我們把所有同學都混在一起，讓他們一起學習。我發覺這種學習模式不但沒有把同學分圈子，反而透過團隊合作，相互影響，更吸引了更多同學於入學後參加這領袖計劃。

所謂「百年樹人」，教育從來都是着眼長遠的，讀醫更需終身學習。我明白一般人擔心直入二年級是否等於把課程打個折扣？或者，容許同學用較短的時間去完成所有課程，會否忽略全人教育？

我覺得這些擔心都是可以理解的。在課程設計上，待醫委會的專家小組重複審視後，相信可釋公眾的疑慮。此外，我想院校之間如進一步加強合作，為同學提供更多不同機會，一起致力為社會栽培更多有潛質有抱負的學生，將會是社會與學生之福。

要開拓新的道路從來絕非易事，不單要有完善的課程安排，也需與各持份者取得共識。縱使他朝我們成功開拓了這條路，願意參與的同學亦可能只屬少數。儘管如此，我已鼓起了勇氣踏出了第一步。

二〇一五年七月二十日

諾貝爾獎有感

本年度的各個諾貝爾獎項陸續揭盅了。我們的盧煜明教授是熱門人選之一，不止中大人，整個香港都感到十分興奮雀躍。此外，日本科學家連續三屆奪得此項殊榮，世人驚嘆他們卓越的成就之餘，我也不禁想：「香港可以栽培未來的諾貝爾獎得主嗎？」

不少人批評香港教育缺乏長遠策略，社會出路愈來愈狹窄，令年輕人流於現實，不願追求理想，所以大部份成績優異的學生都蜂擁選擇讀醫、法律、金融等前途光明的專業。

我從事醫學教育多年，其間接觸過不少對科研或人道救援充滿熱誠的年輕人。在我眼中，他們都是「另類」。因為大部份醫學生的志願都是畢業後從事臨床工作，選擇像盧煜明教授般成為醫生科學家（clinician-scientist），或仿效校友陳健華醫生加入無國界醫生參與人道救援的，畢竟是少數。事實上，有熱誠有潛質的同學為數不少，但這些學生往往經不起來自周邊的壓力和中途遇上的困難而最終放棄。為甚麼？

以科研為例，雖然香港的醫學研究享負盛名，但科研對一個前線醫生的前途沒有甚麼幫助。這些年輕人往往因為要額外花上幾年時間鑽研科學而耽擱了畢業後的專科訓練，擁有醫學博士學位的醫生亦不會比其他人有任何優勢。高學歷不會增加將來晉升的機會，變相窒礙了年輕醫生追求科研的熱情。

反之，在日本、台灣及荷蘭等地，醫生必須擁有科研經驗或博士學位才可於大醫院找到工作。這些醫療體系鼓勵醫生從事科研，亦因此解釋為何他們的科研成就驕人。

在香港，於教學醫院工作的醫管局醫生要同時兼顧教學和臨床服務，工作量比其他醫院更重。在人手及資源嚴重不足的情況下，教學醫院工作的前線醫生根本無暇投放精神在科研和創新醫療科技上。

我看到的問題是，如果醫學教育只着重培訓人手去補充公營市場的需要，而科研被視為一種「負擔」的話，香港的醫學研究和整體發展將無以為繼。沒有與時並進的醫療科技，最終受累的，是市民和病患。

我看，是時候改變了！

要改變醫療制度或價值觀，談何容易？但我們必須為着香港的長遠發展締造一個更全面的人才培訓方案，為懷抱不同理想的年輕人打造一個合適的環境和條件，讓他們一展所長。例如我們應考慮容許某些科研或人道救援的經驗替代部份專科訓練，以鼓勵更多年輕醫生參與。宅心仁厚的醫生和改變世界的醫生科學家對人類同樣重要，缺一不可。「人」最特別和珍貴的地方，就是每個都不盡相同。發掘他們的獨特之處，然後「因材施教」，是使命、也是目標。

我信，出產到「香港製造」的諾貝爾獎得主並不是發白日夢或「離地」。香港的孩子天資聰穎、擁有國際視野，他們絕對有能力在科研、人文科學或人道救援工作的領域上貢獻人類，讓世界變得更美好。

二〇一六年十月十日

中產醫院？

我經常提及香港的醫療水準是世界上首屈一指的。我剛出席一個於美國舉行的國際醫學會議，有兩萬多位來自世界各地的專家參與。在會議上，我發現即使強如美國，其國內的醫療水平卻可以十分參差，再次印證自己的想法是對的。我並非自我感覺良好，無視香港現今的醫療問題。在芸芸的醫療難題當中，最具挑戰性的，莫過於如何收窄公私營醫療之間的鴻溝。

相信大多數香港市民都覺得公營醫療服務的輪候時間太長，又不斷有醫護人才流失；那邊廂私營醫療收費高昂，一般市民難以負擔。面對這兩極化的問題，不少人冀望創辦「中產醫院」來照顧中等收入的家庭，分散需求，以減輕公院的壓力。

現今的私院收費真的是「海鮮價」嗎？甚麼是「中產收費」？收費應如何釐定才算合理？

最近有病人向我訴苦，說最近到私院照大腸，出院埋單六萬多！細問之下，發現原來並不是有醫生收了天價，亦不是醫院提供了六星級豪華服務。只是入院後，他的主診醫生建議他接受其他專科醫生的服務，包括心臟科、腦科、骨科和泌尿科，而每位專科醫生又安排額外檢查。結果每項收費看似合理，加起來卻大失預算。他慨嘆道：「我沒有足夠的醫學常識，醫生怎麼說我唯有照辦吧！」

現今保護主義抬頭，醫生與病人的關係變得愈益疏離，醫生為了自我保護，「不怕一萬，只怕萬一」，把「必要」與「不必要」的檢查和治療全數奉上。可惜這手法只會進一步削弱病人對醫生的信任。

我相信香港需要的並不是「中等收費」的「中產醫院」，而是引入一種新的醫療服務思維於未來的醫院。市民若要得到合理的治療、不會大失預算的話，便要從以醫生主導的傳統模式，轉變為「以病人為本」的新文化。後者以綜合式服務為主導，以病人的整體需要判斷哪些檢查和治療是值得做，哪些是不應該做。院方會獎賞那些根據國際指引行醫的醫生，並定期作檢討以提升服務質素。此外，醫院亦會鼓勵市民預防勝於治療，減少不必要的檢查。

我相信這種「以病人為本」的醫療模式，不單可改進服務水平，同時也有助市民更好地預算自己的醫療開支，從而鼓勵更多有能力的市民進入私營市場，減輕公院的壓力。

社會對醫療的需求，不論在質和量上，都不斷上升。醫護文化需要改變，而且亦是可以改變的。

二〇一七年五月十五日

假如明天多了八百個醫生

昨天一位病人向我訴苦，說我的轉介信幫不了她。這位女士最近遷往九龍，要求我介紹她到附近的專科診所，奈何新症輪候至二〇一九年十二月，我只有愛莫能助。

假如……明天我們的公營醫療多了八百名醫生，香港市民的日子會如何呢？

如果這「八百壯士」即時進駐各聯網的龍頭醫院的話，則每間醫院便多了近一百位醫生。那麼病人不再需要在急症室苦苦等待大半天。雖然暫時沒有更多的病床，病房可能仍然逼爆，但多了醫生分擔工作，他們便可以花更多時間照顧病人而不只是派藥或「掃症」。至於專科診所，相信上述的病人也不用苦苦等候至二〇一九年年底吧。

也許我是在發白日夢，但這也是近期非常熱門的話題。但哪裏來這八百位醫生？

增加醫學生名額？從第一天入讀醫學院計起，最快十三年才能成為專科醫生。歲月雖然漫長，但這是必須堅持的長遠策略。

可以降低海外醫生執照試的門檻嗎？其實執照試的深淺程度與本地兩所醫學院的專業考試相若，只是本地醫科生用六年時間循序漸進地完成多項專業試，而海外醫生執照試卻是一次過評核考生多項專科的臨床經驗。那些能夠過五關斬六將的考生，也必須要完成一年「on call 36 小時」的實習。所以大部份投考執照試的海外考生都是年輕力壯、畢業不久的醫生。對於那些已在海外工作多年的資深醫生，較少會到香港從頭開始。

香港是否可以仿效新加坡的做法，無須考執照試以吸納海外醫生？現時，新加坡醫委會給予全球約一百五十間醫學院畢業的醫生（本港兩所醫學院也榜上有名）有條件註冊，於指定的醫院提供服務及接受培訓。若然表現合乎要求，便可以申請正式註冊。放眼香港，不少社會人士對引入海外醫生十分憂慮，例如怎樣確保醫療質素、如何融入本地醫療體制、擔心成為引入內地醫生的藉口、如何平衡各方持份者的關注和利益等等。以上種種既複雜又敏感的議題，各界持不同的觀點和看法，需要有很多的討論，尋求共識。

明白到在現今社會的氛圍下，任何動作或言論都有可能招致極大回響，甚至弄巧反拙。但每當病人及醫護人員出現水深火熱的情況時，我也會與大家一樣，不期然發着這個「八百壯士」的白日夢。

二〇一八年三月十九日

增加醫科生不是「多個人多雙筷」

近日多份報紙大篇幅報道公立醫生短缺，社會各界也熱烈地討論如何增加醫護人手。要解決這個困境，普遍想法都是要盡快增加本地醫科學額，培育更多醫生。但我們都必須明白，除了人數，質素也是極之重要的。

香港兩間醫學院都並列世界前五十名，要確保本地培訓的醫科生能夠繼續保持世界級的水準，我認為老師是十分重要的。增加醫科生人數的同時，有必要同時增加優秀的醫學教授和老師。但這些老師可以往哪裏找呢？

我們不可能單靠本地醫管局的醫生去教育醫科生，他們已經太忙太辛苦了，照顧病人已叫他們應接不暇。況且現今醫學教育不等同職業先修訓練，除了臨床實習，我們更需要培養醫科生多方面的知識及質素，包括模擬學習、科研經驗、數據分析、專業操守等等，這全方位教育是醫學院必須肩負的責任。

隨着醫科學生人數不斷上升，老師對學生的比例也面對更大壓力。過去十年醫科學額增加了接近一倍，每位教授需要照顧的學生也愈來愈多，最不願意見到的是學生臨床學習和實戰的機會減少。可以聘請更多海外的醫學教授來港嗎？我經常三顧茅廬，到外國招聘人才，希望可以羅致優秀的教研人員，啟發下一代。

可是在全球都在爭奪醫學教授人才之際，香港卻變得愈來愈不吸引。這些國際級的醫學教授並非認為香港的醫學水準不夠高，也不是嫌棄薪酬不夠吸引，只是他們要求有足夠的空間及設施從事研究及教學，但相比鄰近亞洲地區，我們這方面的硬件卻顯得相形見絀。

曾經有一位非常顯赫的英國教授有意加盟中大醫學院。他希望可以有一個五千呎的實驗室及兩台磁力共振，讓他繼續研究及教學。平心而論，他的要求絕不過份，沒有足夠的科研空間，有誰願意離鄉別井、千里迢迢到香港繼續發展？只是香港寸金尺土的環境，這些看似理所當然的事卻變成奢望。最後這位英國教授選擇了到另一個鄰近國家任教。

過去十年，政府大幅增加醫科生名額，可惜醫學教研配套的增長卻追不及學生人數上升的幅度，導致招聘及挽留教研人才愈來愈困難，不少優秀專才放棄來港，選擇到其他地方的醫學院任教。在最新出爐的財政預算案中，現屆政府除了投放龐大資源重建各區醫院，更明確表示要提升和增加醫療教學設施，我深慶政府意識到上游與下游的工作同樣重要。事實上，沒有足夠軟件硬件去栽培人才的話，再多十倍的病床也無濟於事。

有很多人問我，未來希望增加幾多醫科學額？我很難說出一個 Magic Number。醫學教育不是職業先修訓練，教育與科研都是栽培未來醫生的必需條件，在增加醫科生人數及確保教研質素的大前提下，我們極需要相應的軟件和硬件配合，不是「多個人多雙筷」，我們要有足夠的教學設施給學生學習、要有足夠數量的教師教導學生、並且有足夠的科研設施去吸引世界級的醫學教授來港任教。

早前全球頂尖醫學期刊《新英倫醫學雜誌》（*The New England Journal of Medicine*）選出盧煜明教授及莫樹錦教授領導的研究為二〇一七年度對全球醫療界最具影響力的「最矚目研究文章」，亦是名單上僅有由亞洲學府研究人員領導的研究，再次肯定我們醫學科研的卓越成就。若然香港要保持這些得來不易的優勢，我們便需要有長遠的眼光、膽量和決心作持續投資，不斷增值，讓香港的醫療系統繼續值得每個港人引以為傲。

二〇一八年四月一月

在中東尋找機遇

本地醫學人才嚴重缺乏，醫學院如何栽培更多高質素的醫科生是我多年來極大的挑戰。過去一年得到各部門的努力，中大醫學院有幸從本地及海外成功招聘了四十六位科研及教學專才加盟。但面對着資深教授的退休，新增的醫科學額，以及愈來愈高的科研要求，我還是要馬不停蹄，三顧茅廬，四出禮賢下士。

在全球競爭人才的大氣候下，香港其實並不吸引，居住環境及子女教育都是海外專才的重要考慮。以往不少人才從英、美、澳等地遠赴香港，甚至落地生根，但這形勢已今非昔比。

多年來我認識不少來自中東的專家，他們都是頂尖人才，當中不少還擔任英、美專科學院主席及國際醫學雜誌主編。可惜他們一向不會考慮香港，以沙特阿拉伯為例，過往三十多年他們把最優秀的醫學人才送到加拿大受訓，他們的醫療水平、國際視野及英語能力絕不比香港的人才遜色。

但近年沙特與加拿大的關係起了很大的變化，上個月沙特王子更訪問北京，還鼓勵國民學習普通話，但在醫學教育及科研合作方面仍是困難重重，因為全英語教學及科研於中國內地並不普遍。

於是我抓住這個千載難逢的機會，遠赴沙特尋找臥虎藏龍。跟阿聯酋不一樣，沙特以往不接受旅遊，很多人對中東不太認識，甚至戴着有色眼鏡看這個民族。其實我從海關入境到街頭巷尾，都能感受到沙特人民極為友善，英語水平亦頗高。

今次我拜訪的是沙特最有名的大學沙特國王大學（King Saud University），是中東地區名列前茅的學府。與他們醫學院交流了三天，才發現他們投放於教育及科研的資源，是很多地方所不及。我有幸得到沙特國王大學校長及領導層接見，而到訪期間剛好有一世界大學學科排名出爐，中大醫學院位列全球四十五。他們對於中大醫學院以短短三十多年時間取得如此佳績及成就十分驚訝，並積極探討與我們建立策略性伙伴關係。

香港是彈丸之地，我們極需要保持國際視野和廣闊胸襟，吸納世界各地人才來提升我們的教育、科研及醫療服務水平，維持香港的領導地位和競爭力。

二〇一九年三月四日

開了一整天的會議，身心俱疲，正趕往內鏡中心途中，路過醫院的咖啡店，遠處傳來 Dean Chan、Dean Chan 的叫聲。回頭一看，見到幾名醫科生，聚在咖啡店向我揮手。

這幾位學生，都是我熟悉的。Annie（化名）希望可以像腫瘤科的馬教授一樣，將來成為年輕的教授，一面做科研，一面做臨床工作。她一直都想在研究方面預備自己，這幾年除了跟着她的導師做研究外，更在完成醫學院四年級的課程後，到哈佛大學的癌症研究中心學習一年。這天原來是她離港到美國進修的前一天，特意回醫院的圖書館找些資料。

那邊的 Samuel（化名）是一個陽光大男孩，一直很有興趣做人道救援工作，立志成為外科醫生，加入無國界醫生到有需要地區做救援。自入讀醫學院後，多次到訪不同地區如尼泊爾、四川、東非洲等地服務當地社區。今年暑假，Samuel 去了英國牛津大學，參與災害與人道救援的團隊學習。皮膚曬得有點黝黑的他，原來剛從一個 service trip 回來，幾個星期後又會再出發往另一個地區作災後重建的工作。

另一位同學 Eric（化名），除了讀醫外，對很多東西都很好奇，很有求知精神。在大學一年級時，他除了「上莊」，也副修法文。之後兩年繼續在醫科課程以外副修統計學和心理學，希望將來可以在公共衛生發展。原來 Eric 更希望有機會像他的師姐一樣，到瑞士世界衛生組織實習，到時他的多國語言能力便可以大派用場了。

這幾位同學不是個別例子。愈來愈多醫科生希望涉獵更多，認識這個世界更廣、更深。我極之支持他們，因為要做一個好醫生，只是追求醫學知識是不足夠。愈學得多，便愈知道自己的渺小和不足，心裏便會愈謙卑起來。所以我和其他同事，都非常鼓勵同學在醫學院的這幾年嘗試不同的事物，不單單要讀萬卷書，更要行萬里路。我們現今的社會，實在太需要有國際視野、有廣闊胸襟的下一代。

當然，每個同學的性格、心志都不同，有不同的步伐，有不同的追求。所以醫學院在課程的安排上容許有彈性，讓他們自主。今年九月開始，每位新生入學的時候都會收到一張「心願卡」，鼓勵同學思考一下如何過這幾年在醫學院的日子，只要他們願意，醫學院的教職員都會全力支持和協助他們達成。他們可以每年改變這些心願，一步一步的朝着自己的目標向前走。

正如那幾位同學一樣，各自各精彩，每位同學都可以自主他們的學習經歷，共通點是他們在這幾年學醫的日子裏，都認識自己更多，更明白自己想成為怎樣的一位醫生，並且好好的裝備自己成為這樣的醫生。這是我作為他們老師最開心和最滿足的事。

我完全投入了與他們的對話中，這時我的電話響起，同事提提我要到內鏡中心做手術……我只好和這幾位同學道別，再次回到工作中。

二〇一九年六月二十四日

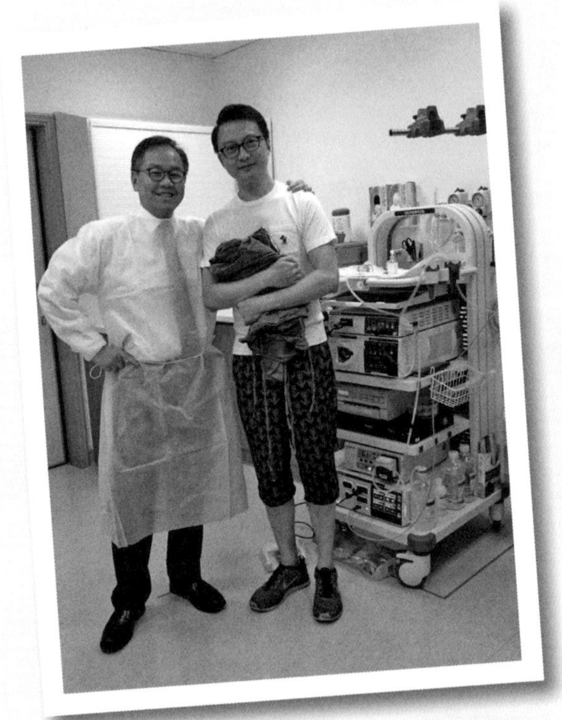

“風水輪流轉，我為病人檢查大腸是輕而易舉的事，輪到我終於接受了大腸內窺鏡的檢查了。”

病患軼事

生命並不是一堆由血管或神經線串連起來的器官。面對生命很多的無奈，突如其來的疾病所帶來的無助和痛苦，我們需要一顆謙卑的心，學習如何憐憫和體恤眼前的病人。

這一關不易過

晚上八時半，正要離開病房之際，忽然聽到背後有一把沙啞的聲音叫着我的名字。回頭一望，看見一位老伯正扶着活動的鹽水支架，站在病房出口。

「陳教授，還認得我嗎？」雖然他戴着口罩，我還是一眼便認出他來。「林伯，為甚麼在這裏遇上你？」他苦笑道：「醫生安排了我明天做大手術，不知道是否還有命再看日出！」林伯是一位我沒有能力醫好的病人……

林伯七十多歲，原本在外地生活，於三年前患上食道癌。當地的醫生為他動了一次手術，原意是要把食道切除。怎料在手術期間發生了併發症，結果外科醫生把林伯的食道、胃、胰臟及部份小腸切除，並將一節大腸移上胸腔充當食道，基本上是內臟的一次大執位。

手術後林伯住了個多月深切治療部，雖然那次大難不死，但由於接駁位出現問題，那節由大腸造成的食道出現後遺症，近喉嚨的部份萎縮收窄，引致進食極為困難，過往幾年林伯只能靠稀粥及奶粉維生。當地醫生也束手無策，林伯惟有認命，只好抱着過得一天得一天的心態過活。

可是從一年前開始，林伯感到進食愈來愈困難。最後在家人陪同下，林伯從海外回港向我求醫。經初步檢查，他的食道出現非常嚴重的收窄，從喉嚨到胸腔都受到影響。當初我把林伯的個案與外科醫生商討，他們覺得做矯正手術的風險實在太高了，於是我只好嘗試用內窺鏡去處理他的問題。

經過連續幾次的食道擴張療法，林伯的食道終於給打開了。還記得一個黃昏的巡房，林伯很激動地告訴我：「我可以吞白飯了！還可以吃××

記的牛腩……」他那份喜悅之情我至今還歷歷在目，沒想過可以吞白飯和吃牛腩是如此滿足的。我心裏不禁想，有多少人為着能夠天天正常飲食而懂得感恩？

好日子總是太短。不到兩個月，他的問題又復發了。於是我再次重施故技，可惜這次亦只能夠短暫地張開林伯的食道。最後我利用內窺鏡把一個自動擴張的支架放進他的食道，雖然他能夠再次進食，但食物堵塞支架的問題卻經常造成困擾。經過多番商討，最後林伯及外科醫生同意進行矯正手術。

當晚再次遇上林伯，也是他動手術的前一天。他告訴我：「聽外科趙教授說，這手術需要割開頸部，把壞腸切除然後大執位，將要由七個醫生一齊分工合作才能完成！」猶豫了一陣子，他接着說：「唉！不知道是否還有命再看見日出。陳教授，你覺得我這一關會否闖不過？」

在我心中，林伯是條硬漢，他所經歷過的折磨並不是一般人能夠抵受的。但面對着眼前的難關，這位硬漢也有恐懼和軟弱的一面。我拍拍他的膊頭，對他說：「林伯，陳醫生答應你，待你完成手術後，我會到××記買牛腩給你送白飯的！」那一刻，我留意到林伯的眼裏，流露着悵然和無奈。

第二天，我特地跑到病房看林伯，想知道他的術後情況，方知道因深切治療部沒有床位而把手術延期。

二〇一六年八月一日

「細菌終於消失了！真的感激您！」梁小姐拿着化驗報告，興奮得從椅子跳了起來。

大約三個月前，一位四十來歲的女士帶着焦慮的心情來找我。原來她兩年前在一次例行驗身中，醫生診斷她患有幽門螺旋菌引發的慢性胃炎。梁小姐先後接受了四次綜合藥物治療，可是細菌仍然存在。有醫生建議她定期進行胃鏡檢查以預防胃癌。就這樣，過往兩年她共接受了四次胃鏡檢查及長期服用抑壓胃酸藥物。

「陳教授，自從發現有幽門螺旋菌及胃炎後，我感到消化能力愈來愈差，雖然定時服用胃藥，但也經常有胃痛，是否我的發炎惡化了？這兩年我已經和家人分開了碗筷，很擔心會把我的細菌傳染給他們。」

「梁小姐，幽門螺旋菌的問題十分普遍，約三成的香港人帶有這細菌，共用碗筷是不會傳染的。雖然這細菌會引致慢性胃炎，但其實胃炎與胃痛往往沒有關係，意思是胃痛有多種成因，由於細菌或胃炎容易被發現，所以很多人誤以為這些細菌或胃炎就是導致腸胃不適的『元兇』。」

聽了我的解釋後，梁小姐似乎開始明白這個胃炎之謎，她說：「我本來沒有胃痛，消化也十分正常。但自從檢驗出這細菌後，問題便浮現出來了！」我再嘗試解釋她的症狀：「我相信焦慮是令妳胃部不適的主要原因，抑壓胃酸的藥物並不能解決妳的問題。」

「有醫生説我患胃癌的風險比沒有細菌的人高出好幾倍，所以我需要長期服用胃藥及定時照胃鏡，我是否患上不治之症？」我翻查梁小姐的病歷，發現她素來健康，家族沒有胃癌，她的胃炎化驗報告也沒有高風險的病變，梁小姐罹患胃癌的機會其實是非常之低。胃藥根本不能減少胃炎，她也沒有必要如此頻密進行胃鏡檢查。可惜像梁小姐的案例實在太多，於是我嘗試從另一角度解釋她患胃癌的風險：「一般香港市民，如果沒患有幽門螺旋菌或家族沒有胃癌，他們一生人患上胃癌的機會有如中六合彩頭獎；染有細菌的人雖然患胃癌的風險比沒菌的人高出幾倍，但妳一生人患胃癌的機會就似中六合彩二獎。中二獎機會當然比中頭獎高出很多倍，但多少人又真的會中二獎呢？」

梁小姐想了一會，對過往的檢查和治療感到有點無奈。話雖如此，她還是希望嘗試清除細菌。於是我向她說明：「由於接受了多次治療也失敗，妳的幽門螺旋菌很可能有多種抗藥能力，我需要抽取妳的胃組織培植細菌，了解它的抗藥情況才能對症下藥。但那些藥物組合複雜，副作用也比較多。縱使完成療程，能夠成功殺菌的機會只有六至七成。還有，清除細菌後胃炎一般不會惡化，但它仍然會持續，請不用過慮。我希望妳先明白當中的利與弊才作決定。」

最後，梁小姐選擇了再嘗試接受治療。

二〇一六年八月十五日

安排了大半年，上個月我終於接受了大腸內窺鏡的檢查了！

為甚麼我要「以身試鏡」？首先，大腸癌有年輕化趨勢。近年來我發覺自己的大便習慣愈來愈不規律，我總不能不斷地提醒他人要多留意消化病徵，自己卻忽略個人健康。其次是要以身作則。身為推動大腸癌篩查計劃的一分子，若然沒有親身經歷過檢查大腸的滋味，又怎能説服大眾市民接受這計劃呢？

經歷了這次檢查的心路歷程，才體會到接受檢查或治療是甚麼一回事。行醫者，我們或許真的會忽略了病人的一些心理關口或「現實障礙」。

原來轉換角色並不容易，我為病人檢查大腸是輕而易舉的事，今回終於輪到自己了，身邊的人總是報以奇異的眼光，甚至有些同事帶笑說：「陳教授，你其實很清楚這是甚麼一回事，自己真的要遵守規矩啊！」

說到守規矩，卻是談何容易！每次進行大腸鏡檢查之前，我必定提醒病人需要三天前開始避免高纖維食物，前一天只可以吃粥，否則洗腸效果不如理想，最終只會影響檢查質素。在這方面我卻完全失敗！由於我的工作時間表早已於半年前定了，在檢查前一個晚上我還需要出席晚宴，基本上我完全沒有戒口。當日我返家已是晚上十時，我才開始「非一般」的洗腸程序！

洗腸的瀉藥有不同的選擇，常用的是檢查前一個晚上服用三至四公升瀉藥。這方法的效果雖是十分顯著，但我嚐過這瀉藥，發覺它的味道很像海水，甚難接受。另一種是濃縮瀉藥，只需要分開八小時服用兩小杯，味道像果子鹽，但是此方法需要飲用非常大量清水。我選擇了濃縮瀉藥，由於我很晚才開始，加上擔心洗腸效果不佳，我便拚命地灌水，當晚廁所便變成了我的睡房。

檢查大腸的早上，心情其實也很平靜，因為我知道注射安眠藥物後便不會感到辛苦。躺在手術床上，雖然蓋上了被，但下身總是「涼浸浸」，忽然想起多年前一套西片叫《光豬六壯士》，那刻我更親身地體會到病人的感受。我甚麼都不能做，只是靜靜地躺在那裏等着，直到醫生來到床邊。這位醫生，平日是我的工作伙伴好兄弟，今天卻是他給我做檢查。那一刻，我把自己完全並徹底地交在他手裏了。

當日另一深刻感受，就是知道何為「斷片」。跟睡覺醒過來的感覺完全不一樣，當天我不知道自己何時失去知覺，忽然張開雙眼，正打算查詢甚麼時候開始，我的同事已告訴我：「做完了！」「真的嗎?!」我竟然甚麼印象也沒有！這斷片的感覺真奇妙，彷彿生命中有部份經歷被刪剪了。「不用擔心，只有一粒小瘜肉。」聽了這句話，我感到如釋重負！太高興了！雖然理性告訴我，自己罹患腸癌的風險很低，但接受這檢查的主要原因正正就是要以防萬一。原來醫生說一句：「問題不大，不用擔心！」對病人竟是如此震撼。

風水輪流轉，總有一天，醫生也會變成病人。我想行醫者若然能夠多些設身處地，除了是病人之福以外，最後得益的可能也是自己。

二〇一六年八月二十九日

昨天一大清早，我便從大埔跑到中環，因為要趕及七時半開特別會議。到了中午時分，秘書小姐知道我只有三十分鐘空檔吃午飯，便特地往威爾斯醫院附近的大排檔，買了我喜愛的生炒牛肉飯加凍檸水放在我的桌上。可是我差不多下午二時才返回辦公室，枱上的生炒牛肉飯已變成了「生冷牛肉飯」。匆匆地吞了半盒飯，又要趕往診所。輾轉到了黃昏，秘書小姐便催促我要趕往位於香港仔的香港醫學專科學院開會。步入家門已是晚上九時半，又錯過了一家人吃晚飯的機會。我不喜歡留餸，差不多每次都是罐頭辣沙甸魚送白飯，味道還可以。

我相信運動可以「養顏」及保持活力。換了短褲及運動鞋後，我每晚約十時半便上街跑四公里。這晚正在跑步之際，忽然收到當值醫生的來電：「陳院長……不好意思……打擾您……！」這位年輕的醫生語帶慌張，可能這是他第一次深夜「傳召」院長。我安撫他：「鎮靜點，但說無妨。」於是他繼續說：「今晚收了一位八十七歲的老伯，發高燒，血壓低，電腦掃描發現了很多膽管石，應該是急性膽管發炎，需要進行緊急膽管內窺鏡手術（ERCP）。可是我和另一位拍檔還沒有接受這種內鏡技術訓練，所以要……打擾陳院長你了。」

「好！三十分鐘到！」掛了電話後，我便隨即返家駛車回醫院。

那一刻，我有點像「吃了酸梅乾的超人」，立即精神抖擻，重拾「醫生本色」。膽管發炎是可以致命的急症，單用抗生素不足以消除細菌，必須盡快用特別設計的內窺鏡進入瘀塞的膽管，把含膿的膽液排放出來。但由於膽管的入口是隱蔽在十二指腸的深處，加上入口有如針孔，縱使找到它也未必可以成功進入膽管，這手術也可能導致嚴重或致命的併發症，例如急性胰臟發炎、十二指腸穿孔等。

返到內鏡手術室已差不多是凌晨，一位年輕醫生、一位見習醫生及一位護士剛好把老伯安放在手術枱上。「伯伯，請忍耐多一陣子，我會盡力幫你的。」雖然老伯神智模糊，我還是相信他會感受到我對他的承諾。

我的天！老伯的十二指腸因潰瘍而變形及收窄，好不容易才穿過了狹窄處，竟然發現他的膽管入口埋藏於一個很大的憩室（diverticulum）內。花了個多少時，轉換了多種輔助配件，最終我幸運地把閉塞的膽管打通了！登時整個人有點虛脱的感覺，但看着混濁的膽液不斷地湧出，老伯的血壓也漸漸回升，心頭的喜悦和滿足實在是不能言喻。

看看牆上的大鐘，已是深宵時分。臨離開手術室時，那位年輕醫生凝神問我：「陳院長，你這麼辛苦值得嗎？」我笑着說：「你覺得我很痛苦或抱怨嗎？」他搖搖頭。我說：「路，是自己選擇的。能夠做一些自己熱愛的工作，是一種福氣。」

二〇一六年九月十二日

甲乙丙丁

「爸爸今年九十歲了，真的要做這兩項手術嗎？」這是王老伯女兒於上星期求診的原因。

王伯患有心房顫動（atrial fibrillation），需要長期服用薄血藥（warfarin）。約一個月前，當時身處外地的王伯因為大便出血入住當地的醫院。他的主診醫生（醫生甲）檢查了王伯的胃及大腸，卻找不到出血的源頭。經過兩次膠囊內窺鏡（wireless capsule endoscopy）檢查，終於發現小腸黏膜有很多不正常的血管（angiodysplasia）。幸好他沒有持續出血的情況，數天後王伯的大便亦回復正常，也不用再輸血了。

以為差不多可以出院，可是醫生甲認為王伯的血液化驗報告總是有些不正常的數字，便請另一位血液科的醫生（醫生乙）為王伯評估。醫生乙認為那些化驗不夠準確，於是他又為王伯進行一些特別（昂貴）的化驗，雖然結果沒有甚麼不妥，但醫生乙懷疑王伯的小腸出血可能是由於心臟的主動脈瓣狹窄（aortic stenosis）所導致。

於是醫生乙又建議另一位心臟科醫生（醫生丙）為王伯診斷，醫生丙便為王伯進行一系列的心臟檢查，包括超聲波、磁力共振等等。結果顯示王伯的主動脈瓣沒有狹窄，卻偶然地發現他的冠狀動脈（coronary arteries）有些收窄現象。雖然王伯從沒有心臟病的症狀或紀錄，但醫生丙仍然極力主張王伯要「通波仔」，正所謂「防患於未然」。家人得悉這些「一波未平，一波又起」的新發現，都感到十分徬徨，不知如何是好。

由於醫生甲乙丙輪流診病，王伯便在醫院住上了兩個多星期。老人家住院的日子愈長，引發的問題便愈多。王伯由大便出血變成便秘，接着小便亦出現困難，需要插尿喉放尿。於是醫生丁（泌尿科）出場了，經超聲波檢查後，確定了王伯有前列腺發大，並建議他把前列腺切除。

王伯堅拒醫生丙及醫生丁建議的手術，最終約三個星期後他決定坐着輪椅、插着尿喉出院，回港就醫。

現今醫療的最大危機，並不是日益昂貴的藥物，而是醫者的心。以王伯這個案為例，那幾位甲乙丙丁把醫治病人視為一種商機。病人信任醫生的專業判斷，把生命完全交託，個別醫生卻利用他們的知識和技術，為自己爭取最大的回報，令病人承受一連串不必要或甚至乎有風險的檢查和治療。常言道：「好醫生醫人，普通醫生醫病。」但令人感到唏噓的是，這些甲乙丙丁把自己的利益淩駕病人的健康之上。

回顧香港的醫學界，我們要珍惜和秉持多年來備受推崇的專業操守。

二〇一七年一月二十三日

醫生本是差劣的病人

「醫生！你精通病理，當然不怕自己生病啦！」不少病人都有這樣的想法，以為醫生能醫自醫。即使自己患病，也必能及早發現，藥到病除。

但醫生真的擁有健康體魄，長命百歲嗎？

剛剛相反，其實不少醫生的健康都甚差，當病發時已是藥石無靈。過去幾十年，我見證了許多醫生患病的個案，除了患上不幸的疾病之外，醫生更往往是很差劣的病人。

當醫生面對自己患病的時候，經常都會跌進四大陷阱：一、害怕病人及同僚的眼光；二、不能面對自己角色的轉變；三、逃避疾病；四、不知如何面對生死。

不少醫生患上了惡疾後，會恐懼同僚及病人對他失去信心。醫生總是有一種「能醫自醫」的情意結，連自己也醫不好，哪有本事醫治病人？我認識一位非常資深的心臟科專家，當他自己患上了冠心病，卻不願意找同僚醫治，正正是上述的心態。其實自醫又如何能夠客觀分析病情？結果這位醫生亦因此險些送命。

醫生的天職是拯救生命、減輕病人的憂慮及痛苦，經常扮演着「施予者」或「拯救者」的角色。可是，從一個素來幫助別人的角色忽然變成了一個需要求助或甚至乎感到無助的人，那份矛盾的感受可想而知。我認識一位外科醫生，一生為無數病人開刀。多年後他自己卻患了大腸癌，由於病發已是第三期，他需要「被開刀」及接受化療。他曾對我說：「躺在病床上那份患得患失的心情原來是如此煎熬，以往我經常勸喻病人不用擔心，但如今自己身患重病，才明白到這些安慰的說話原來半句也聽不入耳。」

一般人以為醫生必定是自我觀察力強，往往能夠病向淺中醫。剛剛相反，不少醫生拒絕正視自己身體的毛病或發出的信號，結果因逃避而令病情惡化。有一位醫生朋友，數年前不幸地患上一種罕有的腫瘤，接受了手術及化療，但效果也不太理想。曾經有同僚建議他到海外的專科中心求醫，但他卻一直逃避，不願意面對醫治這疾病的不肯定性及可能併發的後遺症，直至最近他的情況轉差才重新考慮治療。其實醫生也是有血有肉的人，當我們因患病而感到徬徨無助時，又有誰可以安撫我們的心靈？

很少人有醫生面對生死的豐富經驗，親眼目睹病人心跳停頓，見證他們吸入最後一口氣，生命就此完結了……然而當死亡的威脅逼近自己，以往多年的行醫經驗又真的可以讓醫者安然面對生死嗎？我見證過不少醫生由患病直至離世的日子，他們也和普通人一樣，同樣地先後經歷着「否認」、「憤怒」、「悲傷」等階段。當自己踏上死亡的道路，才能夠體會獨個兒上路的徬徨和恐慌。

醫生，其實也是很可憐的病人。知識、身份和經歷往往只會成為我們的絆腳石，令我們不願意打開心窗去扮演病人的角色。能醫不自醫，是不少醫生的死穴。

二〇一七年四月三日

針灸、拔罐初體驗

「陳院長，我已於你的頸背施了十一針，然後再使用拔罐。相信再多四至五次療程，你頸痛的情況應該會有明顯改善。」這是醫學院一位資深的中醫教授給我訂定的治療方案。

雖然我一向注重運動及飲食，但卻忽略了頸部的健康。和許多都市人一樣，我長時間對着電腦熒幕，就連空閒時間也繼續做「低頭一族」，成為手機的奴隸。其實長期把頭和頸固定着這樣的姿勢會導致頸部嚴重勞損。日常運動着重手腳及胸腹的鍛煉，卻忽略了頸部活動，不少都市人都患上慢性頸梗膊痛，我把這問題稱之為「低頭一族病」。

我這個「醫生病人」也是能醫不自醫。頸痛的問題已困擾着我兩年多了。我經常以工作繁忙為藉口，沒有定期接受物理治療。直至最近三個月，頸痛的情況轉壞，我才定期見物理治療師。可能我的肩膊肌肉長期收緊，物理治療只能短暫地減輕我的不適。

於是我決定雙管齊下，一於來個「中西結合」，以針灸配合物理治療。其實也稱不上甚麼中西協作，只是自己安排上午進行針灸，下午接受物理治療而已。

我以往從沒試過針灸，祇是醫學上有相當多的數據支持以針灸治療痛症。第一次被施針的經驗很特別，由於施針於頸背上，所以我看不見整個過程，只是在下針的剎那有少許疼痛，不到一秒，痛的感覺便消失了。有些部位的感覺很奇妙，下針後頸痛的區域會轉移至其他位置，那種感覺轉移並不似是刺激神經線所引致的，當時我有一種紓緩的感覺。現代針灸術加上電針，在針上通過小量電流，據說特別適合治療痛症。對我來說，那二十分鐘的電針令我頸部肌肉隨着電流大小跳動，是一種很鬆弛的感受，幸好我沒有嗅到燒焦的味道！

想不到施針後便隨即施行拔罐。據我所知，關於拔罐的科學研究相對較少，自問對它的成效也半信半疑。只是那位資深的醫師安慰我，聲稱不會用火餤的拔罐方法，所以不用擔心灼傷皮膚。在好奇心驅使下，我也嘗試這種另類的止痛療法。整個過程我的頸背皮肉完全被抽緊，感覺好像有一個巨人（Hulk）用他的巨手執着我的頸項，令我動彈不得。

針灸加拔罐有效嗎？從病人的感受來說，我的頸梗膊痛的確紓緩了不少。究竟有多少是傳統療法的奧妙，抑或是另類治療的安慰劑作用？我不能就此妄下判斷。但肯定的是防患未然，藉此希望各位「低頭一族」和我一起從此注重頸部健康。

二〇一七年四月十七日

誰主生命？

英國最近一個不幸患上一種罕有遺傳病的嬰兒，由於大腦及肌肉不斷受到破壞，這個未到一歲的孩子已雙目失明及四肢癱瘓。他既不能呼吸、也不能吞嚥，生命全靠呼吸機器及胃管支援。

院方認為這孩子已是返魂乏術，不應再延續他的痛苦，主張把喉管拔掉，讓孩子安詳地離開。相反，他的父母卻不能接受這殘酷的現實，竭力爭取帶孩子到美國，嘗試一種實驗治療。雙方爭拗至訴諸法庭，令這孩子的命運演變成國際新聞。法庭裁定院方得直，最終孩子未滿一歲便離開了這個世界，可是三方面（父母、醫院、法庭）卻在社交媒體的廣泛討論下成了輸家。

我不打算評論這個案誰是誰非，只是從這生死判決中，有好些問題值得我們反思。究竟怎樣的抉擇才是對生命最好？誰人有權主宰生命？要拯救到底還是避免延續痛苦？

怎樣的抉擇才是對生命最好？相信每個頭腦清醒的成年人都懂得為自己打算。我有一位朋友的爸爸，當年患上末期胰臟癌，已到藥石無靈的階段。他聽聞大陸有位神醫可以起死回生，於是便前往一試。那位神醫指定他要服用「秘方」七七四十九天，藥費每天一千美金。朋友的父親問我有甚麼意見。既是「秘方」，成份及功效便是一個謎。由於缺乏醫學證據，我不能夠給他脫離現實的期望。最後朋友的父親選擇服食「秘方」，大約三個月後便離開了這個世界。還記得最後他並沒有因為花了大筆金錢而感到懊悔，因為他覺得生命是自己的，既然盡了一己之力，其餘皆由天命。

倘若病人沒有自主能力的話，那誰人有權主宰他的生命？是至親？是醫生？還是法官？像英國這個案為例，不少人覺得院方太冷酷，應該竭力給予孩子一點希望。但問題在於甚麼才算得上是「希望」？這個案的實驗治療只曾在動物嘗試，其實驗成效也頗受爭議。我們可以隨便地把一個快要結束的生命當作實驗品？假若親人要求為病危的孩子安排接受「神醫」的另類治療，我們又應怎樣判斷呢？怎樣才算「合理希望」呢？

當面對困境絕望，人往往失去冷靜判斷，只盼望有奇蹟出現，這份心情絕對可以理解。但追求奇蹟究竟要付上多少代價？不單是金錢，更重要的是執着所帶來的痛苦及長遠傷害。

我相信生命有定數，往往醫生能夠拯救的都是命不該絕的生命，一個好醫生應該懂得敬畏及尊重生命。我並非鼓吹聽天由命，只是世事無常，實在沒有人能夠靠金錢、權力或智慧，令自己或至愛的生命延長。

二〇一七年八月七日

「我是否以後不能再吃了？」

「陳教授，是否從今以後我不能夠再飲水、再吃飯了？」

我還記得這把沙啞、無助的聲音是來自一位還未到四十歲的病人。

他一向身體健康正常，卻不幸於數年前患上鼻咽癌。由於確診時已是晚期，他逐漸失去吞嚥的功能。正常吞嚥是需要口腔及咽喉肌肉互相協調，但癌細胞或電療有機會影響及破壞這些肌肉、神經線及口水腺，令吞嚥愈來愈困難，甚至乎「落錯格」，食物因入了支氣管而導致肺炎。

這位病人過往兩年因為多次肺炎入院，最近一次更險些喪命。由於營養不良，他的體重亦由七十五公斤下降至不到四十公斤。虛弱的身體令他更容易受感染，而每次感染又令他更虛弱，正正是一個惡性循環。

早於兩年前，言語治療師已經判斷他不能夠進食，需要用其他方法如胃管去吸收營養。只是他不願意面對這個壞消息，還是堅持進食。他曾經也嘗試透過不同方法，例如把食物煮成糊狀、慢慢吞嚥、用吸管等等，可是情況都沒有改善。

經過最近的一次肺炎後，腫瘤科醫生把這位病人轉介給我，希望我可以用其他方法去改善他營養不良的情況。經會診後，我們認為幫助這位瘦骨嶙峋的病人最有效的方法，還是進行一種內窺鏡手術。簡單來說，是首先在肚皮穿孔，然後利用胃鏡把膠管直穿過胃壁後固定於肚皮上，以後便可以由肚皮經膠管直接餵營養液進胃內，不需再經口腔進食。手術很簡單，風險低又不用全身麻醉，日後生活跟平常人不會有多大分別。

可是對於這位正值壯年的病人來說，接受此項手術有如默認自己某方面是殘缺的，以後參加社交飲宴便不能如常人般飲食。他苦思了良久，最後為着健康的緣故，勉強地接受了這項內鏡手術。

最後手術一切順利，他第二天便出院，開始不再用口飲食的日子了。數星期後，他的體重已上升了三公斤，只是心情仍是有點低落，可能需要更長的時間才可以完全接受自己的新生活模式。

疾病是無常的苦難，對於某些人，能夠喝一口清水，吃一碗白粥，其實已是求之不得的福份。

二〇一七年九月四日

我生了一個膿瘡

我素來自誇身體健康，縱使生活飲食不規律，也絕少生病。直至最近兩個月，我發覺背脊的粉瘤（一種皮膚良性囊腫瘤）不但變大了，更愈來愈腫痛和發熱。「陳教授，你的粉瘤發炎變了膿瘡，要分開兩次開刀！」這是我的外科同事給我的建議。

其實這個粉瘤已跟隨我超過十載，本來它只有龍眼般大小，也從來沒有帶給我任何不適，所以我和它一向「和睦相處」、互不打擾。可是這個粉瘤忽然惡化，因受感染而變成了膿瘡，需要先把它割開放膿，待發炎消退後，再安排另一個手術把粉瘤切除。本來我以為這只是小手術，可是我素來怕痛，其間所經歷的皮肉之苦讓我更體會到病人的感受。

由於我的膿瘡狀況特殊，外科醫生覺得開刀放膿之前，注射局部麻醉針藥的成效不大，於是在膿瘡表面塗上麻醉藥膏。可惜那些聲稱有麻醉功能的膏藥真的十分「麻麻哋」。當外科醫生下刀劏開我個膿瘡的一刹那，真的痛得我全身顫抖！我才明白到史泰龍於《第一滴血》的電影橋段，例如不用麻藥便割開或縫合傷口之類，純屬虛構幻想！當外科醫生下第三刀之際，我再也忍受不了，只好要求他增強止痛方法。

由於部份膿液已排放了，於是他於傷口上注射了麻醉針藥，雖然注射過程也很痛楚，但往後的切割便沒有太大的感覺了。

可是故事並未完結。由於要清除感染，我早晚需要服用抗生素。肚瀉是抗生素常見的副作用，因為這些藥物把腸道正常健康的微生物群清除，那些有害的細菌便乘虛而入。我每天肚瀉五六次，經此一役，可能需要很長的日子才能回復健康的腸道微生物群了。

此外，我每天也需要洗傷口。當年我在外科實習期間，也為病人清洗大大小小不同位置的傷口。但原來要把傷口用力「撐」開、將沾滿消毒藥水的棉花棒探入傷口、由最深處開始塗抹、徹底挖走內裏的污穢、再用紗布「塞」滿整個傷口的滋味，簡直可以用「眼淚在心裏流」形容，實不足為外人道！每天返回診所清洗傷口的道路總是很漫長、很灰暗，需要提起很大的勇氣才能踏入那個門口。

無論如何，我衷心感激醫治我這個膿瘡的醫護同事，沒有他們的專業及包容，我的日子更難受。現在我正茫然地等待下一次開刀，把這個跟了我十多載的東西切除。雖然這不是甚麼大病，但小病的「痛苦」經驗再次令我明白病人之苦。身為醫生，我們很容易看輕了患上小毛病的病人，患重病的人固然需要我們全力以赴，但不要以為非重症的病人便可以掉以輕心。古語有云：「勿以善小而不為。」套用在醫患關係上，我覺得是「勿以病小而輕之」。

二〇一八年七月二十三日

甚麼是痛？

不知道是否年紀愈來愈大，身體的小毛病漸漸浮現出來。先前是背脊的膿瘡，最近便輪到腰痛發作，真是一波未平，一波又起！

其實我多年來都有腰痠背痛的情況，第一次發病已是廿多年前了。我相信很多腸胃科專科醫生都有類似的問題，因為我們由早上到傍晚都經常站立着進行內窺鏡的工作。不少位置刁鑽的大腸腫瘤，都需要扭着身彎着腰去把它切除。長年累月姿勢不正確，腰痛的問題便時有復發。

今次腰痛的日子特別長，以往三兩天便復原，可是今次連續服用了一個多星期止痛藥也沒有好轉，我惟有請骨科的同事幫忙。腰痛的滋味一點也不好受，於病發的日子我不能仰卧睡覺，彎腰穿襪幾乎是不可能；每當咳嗽時更要撐着腰背，否則便要痛得眼淚直流。

其實香港不少人都患上不同形式的痛症，我的經歷比起那些嚴重痛症的患者，只是小巫見大巫！曾經有患上三叉神經痛的病人，因為忍受不了分分秒秒不斷的劇痛而輕生。也有不少慢性痛症的病人因長期受折磨而患上抑鬱病，令治療痛症更見複雜。

只是現今的醫療服務遠遠追不上痛症龐大的需求。市民一般需要輪候數月才能得到治療。痛症跟其他的疾病不一樣，例如大多數血壓高的病人可以每隔三至六個月才複診，重點是要經常自我量度血壓。可是患上痛症的病人卻需要經常複診去調整藥物份量，部份病人更需要物理治療及情緒支援。可惜在有限的社會資源下，我們往往把着眼點放在「嚴重疾病」，例如癌症、中風、心臟病等。痛症雖未致命，但患上痛症的弱勢社群也正面對着十分困難的情況，極需要社會的支持和關注。重病固然需要及早醫治，但嚴重痛症也同樣是一日也嫌太長。我也要暫且擱筆、伸展一下了。

二〇一八年八月二十日

我適合開刀嗎？

「我虛齡九十歲了，還應該開刀嗎？」

何伯患有乙型肝炎，但他很注重健康，每半年便做一次身體檢查。另外他每天都花上一小時運動，數十年來風雨不改。可是最近一次超聲波檢查發現肝臟有一個約二至三厘米的陰影，其後電腦掃描確認那東西是肝癌。

對於何伯及家人，這簡直是晴天霹靂，多年來的小心謹慎似乎沒有任何幫助，晚年竟然遇上如此厄運，內心苦惱可想而知。

過去幾個星期他們四出尋求專業意見。有專家認為何伯應該開刀，徹底把腫瘤切除；有專家覺得何伯年紀大、手術風險高，倒不如嘗試用影像介入治療，可以把藥物準確地打入腫瘤，避免開刀，但不能夠保證一次過完全清除腫瘤，藥物也有可能損害周邊正常的肝組織，引發肝衰竭；也有專家相信口服的標靶藥物相對安全，恐怕何伯承受不了其他治療方案。

最後總是人多意見多，愈問愈心亂，而所有專家的共通答案都是「病人自己選擇，我不可以代你作決定」，那份徬徨無助真是不足為外人道。以上都是何伯及家人向我所吐的苦水。

我認識何伯多年，了解他的健康狀態很好，更深知道他不甘心就此被這癌病打敗，只是內心真的害怕，尤其是當醫生把所有可能出現的併發症都毫無保留地告訴他。

「何伯，醫生沒有水晶球，的確不可能保證任何結果。所有成功或併發症的機率都是統計數字，縱使失敗機率是千分之一，你也可以擔心自己是否就是那千分之一個不幸者。所以如何解讀這些數據都是見仁見智，可以從樂觀也可以從悲觀角度去看事情。我認為最重要的還是選擇一個讓自己『甘心』的治療方案，認識你多年，我明白你不甘心這麼容易被這個癌病打敗。既然如此，我建議你接受手術吧，因為你的腫瘤不大，加上你的體魄很好，所以將會很快復元。當然，任何事情都有可能發生，世事難料，但我相信作了決定後便應向前望。無論結果怎樣，自己及家人也感到無悔。」

看着何伯和家人的背影，我感受到那份無奈和無助。在絕大多數情況下，患者和家人都沒有能力去作重要的醫療決定，因為即使相同年紀患上相同的病症，治療方案也可以截然不同。作為醫生，我們可以嘗試了解不同患者的情況和需要，向他們建議最適切的治療方法。相信沒有比這個更能真正地幫助患者和家人了。

二〇二〇年八月三日

婆婆與孫女

昨天一家六口、三代同堂來到我的診症室。我正猜想這六個人中誰生病了？原來求診的是婆婆及她的孫女。見他們各人面上的神情，我深深地感受到整個家庭的焦慮，診症室忽然間像出現了一股「低氣壓」。

孫女是一位廿多歲的美國留學生，她一向注重飲食和運動，身體十分健康，也沒有長期服藥或嚴重家族性疾病。不知甚麼原因，她回港度假的一個月經常感到胃脹及食慾不振，在美國的日子卻沒有類似的不適。因為還有一個星期才返美國，她便嘗試在港求醫。可是她見了兩位醫生，答案都是要安排胃鏡，其中一位更建議大腸鏡。於問診過後，我的建議是甚麼檢驗也不需要，她回美國後便很快回復正常。這位孫女好奇地問：「陳醫生，你如何肯定我的胃及大腸沒有嚴重問題呢？」我笑道：「我不能夠絕對肯定，只是經驗告訴我，妳患上嚴重問題的機會有如中六合彩頭獎。當然，差不多每期都有人中頭獎，除非妳真的擔心自己承受不了這麼渺茫的機會，否則我不覺得內鏡檢查對妳有甚麼益處。」

輪到婆婆了，她的問題卻複雜得多，表面上是經常感到腸胃不適、不願意進食及消瘦。但求診期間她不斷哭泣，交談中我感覺到她可能患上抑鬱症。翻查她的過往紀錄，原來她已有三個不同的專科複診期及七種藥物。她厭惡了複診、吃藥和化驗，更恐怕我要求她接受內鏡檢查。想了良久，我跟她作了一個協定，說：「婆婆，陳醫生不會勉強妳接受檢查。相反，我還要把妳的七種藥物減少至兩種，但妳可以答應我定時服用抗抑鬱藥及繼續接受精神專科治療嗎？」得到家人的支持，婆婆終於初步接受了我的協定。

「喜樂的心乃是良藥」，這句話非常真實。治病從來不易，但醫人、醫心就更加困難。病人的情緒、心態，往往連他們自己也控制不到，那份無助，許多時連身旁的醫生也愛莫能助。想着想着他們這一家的情況，雙腳已不自覺地把我帶回辦公室，堆積如山的文件又在案頭等着我了。

二〇一八年九月十七日

疾病，你可以多狂傲

上星期六我剛從海外回來，第二天便跑往醫院探望我的一位摯友。他年紀與我相若，不幸地他早年患上大腦腫瘤，短短數年間已接受了多次開腦的大手術。由於腫瘤生長於腦幹，儘管醫生團隊手術精湛，也無法把腫瘤完全割除。他曾經接受放射治療及化療，也不能夠把殘餘的腫瘤清除。最近一次的大手術後更出現了一些後遺症，令他半邊身體不能活動，就連説話和喝水也十分困難。

疾病，你竟然把一個本是健康、快樂、正直的人折磨至這個地步！看着他，我的眼眶也忍不住紅起來……

多年來病魔纏身，把他大好的事業都摧毀了，每次開腦手術都帶給他更多的後遺症。但我這位摯友卻是異常的堅強，縱然疾病不斷地折磨他的身體，卻奪不去他的尊嚴、消磨不了他的求生意志。

行醫三十年，我見盡不少與病魔鬥爭的戰士。疾病，你可以恥笑我們行醫者如斯無能，但你可以向患者有多狂傲？也許你有能力奪去我們的健康、事業、財富和生命，但你永遠不能令我們屈服。

至於我的摯友，他從不認命，他也絕不讓愛護他的家人失望。每天他都是咬緊嘴唇，去完成一個又一個的療程。還記得電影《洛奇》，當洛奇面對着世界拳王，當全世界都認定他會三個回合內被擊倒，但他從不信命，無論他吃了無數的重拳，還是爬起來屢敗屢戰。見他變得血肉模糊，就連他的教練也不忍心而勸他投降，但他堅持至敲響大鐘，最終也是屹立不倒。他輸了拳賽，在眾人眼裏他卻徹底地贏了。

我信，奇蹟總會留給那些不甘心被擊倒的人。

二〇一八年十一月十二日

左右為難

早前一位患有冠心病的老伯求醫，王伯今年八十歲，約大半年前他做過「通波仔」手術，放進了兩條心血管金屬支架，除了亞士匹靈，他還需要服用額外的抗血小板藥物來預防支架栓塞。近兩個月他發現大便有血，家庭醫生懷疑他是痔瘡出血，可是痔瘡藥物沒有把情況改善，於是家庭醫生轉介王伯見專科醫生考慮檢查大腸。

王伯見了兩位專科醫生，第一位拒絕為他進行內窺鏡檢查，因為他擔心抗血小板藥物會增加切除大腸瘜肉而出血的風險，但停止抗血小板藥物亦可能導致支架栓塞，觸發冠心病復發。第二位醫生認為王伯再觀察三個月才考慮檢查大腸，因為有外國指引建議「通波仔」後一年內不適宜進行大腸內窺鏡檢查，以減低冠心病復發或大腸出血的風險。

但王伯的大便出血的問題並沒有改善，每天如廁總發現有血。「陳教授，醫生說現在照大腸很危險，可能會導致嚴重出血或觸發心血管栓塞。萬一我真的患上大腸癌怎麼辦？」徬徨的王伯向我求診，希望我可以為他打破這個困局。

當我翻查王伯的病歷，發現放於他體內的心血管支架是新一代的產品，不需要長期使用雙重抗血小板藥物治療（dual anti-platelet therapy）。更重要的是王伯的心臟功能保持良好，最近半年沒有任何復發。整體來說，王伯的心臟情況是可以進行大腸內窺鏡檢查，只需要於檢查前後數天調校抗血小板藥物的服用方法便可以。

終於上星期我為王伯進行大腸內窺鏡檢查，發現他除了痔瘡，乙結腸還有一個頗大的瘜肉。於是我把瘜肉切除及結紮了他的痔瘡。我叮囑王伯留意內鏡手術後的大便，因為有機會切除瘜肉後兩至三天傷口才出血。過了一星期，化驗報告顯示那個瘜肉是早期的大腸癌，幸好沒有殘留的癌細胞，也沒有擴散跡象。王伯的大便再沒有見血，總算是把問題解決了。

隨着人口老化，愈來愈多病人同時患上大腸癌及心腦血管病。現時的大腸癌篩查計劃往往不接受高風險人士例如心血管病、中風、心房顫動等等，因為這些人士的併發症風險比一般人高，但他們亦是患上大腸癌的高危一族。要幫助這類人士，我們不可能簡單地跟從一套指引。相反地，我們需要為這些高危群組作出個人化的風險評估，因為如何平衡每一個高危人士的出血及血管栓塞的風險都是不一樣的。

二〇二〇年十月二十六日

房角的伯伯

有天下午，我帶着一班六年級醫科生到病房作臨牀教學（bed-side teaching）。來到病房的時候，病房同事告訴我有一個伯伯曾經接受換心瓣手術，心臟有雜音，是很好的教學個案。我順着同事手指着的方向，看到七十多歲的張伯蜷曲在牀上，面上流露出一副「雖生猶死」的表情，眼神一片空洞。

我帶着學生走到牀邊，發現他雙腳包着紗布，腫腫黑黑的。於是我問他：「張伯，你是不是有糖尿病呢？」張伯聽到我的問題，立即回過神來，答道：「醫生，你怎麼知道啊？」於是我向他解釋我的觀察，並徵求他同意讓我的學生檢查他的身體。

當我們進一步了解張伯，發現問題比我想像中的更多更複雜。他左手的大拇指割除了，原來他曾嘗試用電企圖自殺，雖不成功，卻賠上了一根大拇指；再檢查腹部，發現有很多由利器造成的傷痕。一問之下，竟發現是他另一次尋死的記號。原來他曾用刀狠狠地連續多次插進自己的肚中，幸好被及時發現送到醫院，搶救後又活過來了。

眼前的張伯，身體上有很多狀況，差不多每個部位、每個器官都是很好的教材，讓我可以教導學生如何處理每個病症。可是，當把這一切結合起來後，我看見的卻是一個「千瘡百孔」的血肉之軀。

於是我們圍在他牀邊，慢慢地攀談起來。知道他早年中風，半身癱瘓，自此失去自理能力，繼而成了家人的負擔。後來糖尿病惡化，雙腳也失去了知覺，令他感到更絕望和生無可戀，便決意尋死。一次死不掉便第二次，本已衰弱的身體受着更多的折磨和摧殘。

看着眼前的張伯，我感慨醫學教育和臨牀治療的無奈。當發現病人不適，大家都會努力去處理病症，希望透過改善病情，令患者感覺舒服點。

心臟有事便換心瓣；有糖尿病便開糖尿病藥物去控制血糖；手指被電擊壞死了，便切去壞死的部份。但當這些身體上的毛病處理了，一些指數回復正常了，又是否真的代表我們已醫好了這個病人，是否表示病人會開心起來，生活質素得以改善呢？

不知不覺，我們與張伯傾談了個多小時，聽他說了很多往事。離開病房門的時候，我回頭看張伯，他也正躺在牀上目送我們。

生命並不是一堆由血管或神經線串連起來的器官。現代醫學似乎能夠透過先進的儀器或藥物將一些疾病有效地控制下來。但這不代表我們能夠將生命變得更有意義。醫生能夠做的，其實十分有限。再有效的藥物和治療，也不代表我們能夠把生命質素提升。面對生命很多的無奈，突如其來的疾病所帶來的無助和痛苦，我們需要一顆謙卑的心，學習如何憐憫和體恤眼前的病人。但願行醫的和學醫的都能夠用謙卑的態度終身學習，用憐憫的心對待困苦無助的病人。

二〇二〇年十一月二日

我的胸口不自在

「何先生，今天我們是第一次見面，我是陳醫生，有甚麼可以幫你？」何先生是一名五十多歲男士，個子高大，眉宇間帶一點愁容。

「近半年來我胸口總是不自在，只吃一點點便覺得有一道氣頂上來，整天胸口都感到飽飽脹脹。以往我最愛吃自助餐，現在甚麼也不想吃。」他的説話帶着不安和無奈。

因為何先生表示胸口鬱悶，家庭醫生便把他轉介心臟專科。心臟科醫生為他做了很多不同類型的檢查，包括磁力共振，結果顯示他的心臟血管有少許收窄，建議他服用亞士匹靈。如果擔心的話，可以考慮植入心臟支架。何先生半信半疑，他一向生活健康，不煙不酒，膽固醇及血糖也正常。

由於覺得胸口飽飽脹脹，他又尋求腸胃專科的意見。腸胃科醫生為他做了一系列檢查，包括腸鏡、胃鏡、電腦掃描等等，可是也找不到有甚麼結構上的問題。腸胃科醫生最後認為他胃部好像有少許發炎迹象，於是便處方了胃藥和化胃氣的藥物給他。

一大堆的檢查也找不到病灶，一大堆的藥物似乎對紓緩不適也起不了甚麼效用。

聽他說畢後，我翻查何先生帶來一堆厚厚的化驗報告，發覺心臟血管只是輕微收窄，胃部也沒有嚴重發炎。整體來說，何先生的檢查報告相當正常，完全不能解釋他胸口脹悶的原因。

於是我嘗試了解他的生活狀況，一問之下，知道他父親半年前過身，剩下有認知障礙的獨居母親。何先生差不多每天都不辭勞苦地由九龍跑到新界照顧她。談到照顧母親的辛酸時，眼前的中年大漢忽然滿面通紅，說：「我無論多努力，她的情況只有愈來愈差。曾經不知多少次，我真的很想一走了之，從此不再管媽媽的死活，我覺得這是一場永遠不會贏的仗，我真的很累。」說到這裏，何先生的眼眶已載不了滿溢的淚水……

何先生愈是努力，心裏愈感到沮喪和無奈，但這腔苦水，又可以向誰吐？唯有統統往自己肚裏吞。

看着這個大男人，我知道他身體上的不適，實在是源於作為照顧者的無形壓力。雖是找到根源，問題亦不能一下子得以解決。

現今都市人，每天面對解決不了又毫無盡頭的問題，別人幫不上忙，當事人只能夠默默承受。口裏說不出的嘆息，便在身體上透過各式各樣的不適表達出來。

醫生經常要處理反覆檢查也找不出原因或多種藥物也不能改善的徵狀，我們可以為病人做的，其實是多些留意病人的身體語言，多些從整個人而不是從器官去考慮，令他們在已經十分困難的日子裏，走少一些冤枉路。

二〇二〇年十一月十日

愛上了你的膽

上星期有一位五十多歲的女士拿着一份驗身報告來問我的意見。這位女士除了膽固醇和血壓輕微高了一點以外，身體一直非常健康。但驗身報告中還有一份超聲波檢查，報告中指出這位女士有幾粒膽石。

這位女士從來沒有膽痛的症狀，只是偶然有輕微的胃氣脹。最重要的是，她從來沒有急性膽囊發炎的病史，也未曾因腹部脹痛而影響日常生活。

最令她感到困惑的是，她的醫生竟然建議她做膽囊切除手術。該醫生的解釋是，急性膽囊發炎是極之危險，甚至可以致命，所以應該「未雨綢繆」，趁現在還未出現嚴重情況便應預先處理；反正膽囊切除手術既簡單且風險低。

我聽到這番對話之後也感到非常詫異。當然我不能排除這位女士誤解或錯誤引述醫生的原意。但在完全沒症狀或其他風險因素的情況下，單純因着「未雨綢繆」的緣故而去切除膽囊，在現今醫學上並不成立。

大家要明白，沒症狀的膽石是十分常見的。為甚麼醫生一般不會建議做手術呢？

首先我們要知道，膽囊並不是一個多餘、沒用途的器官。膽囊的作用是儲存膽汁，而膽汁是消化脂肪的重要元素。切除膽囊後最常見的情況是腹瀉，尤其是吃過肥膩的食物。再加上任何手術都有其本身的風險，我們必須衡量手術的益處是否遠超過它的風險。

假若你沒有經常受膽痛困擾、以往沒有患過急性膽囊發炎、超聲波沒有發現高風險的情況，例如慢性膽囊發炎、巨型膽石（三厘米或以上）、或膽囊鈣化等等的情況，你將來出現急性膽囊發炎、其他併發症或膽囊癌的風險是非常之低的。

另外，我也曾聽聞近年在外地有一些十分具「創意」的膽囊手術。這種新的手術，就是把膽囊壁割開，取走裏面的膽石之後再把膽囊縫合。他們的主張是這種手術可以為病人保留器官。

對這種「新穎」及「別具創意」的手術，我總是感到有點兒難以理解。如果一個病人曾患上膽囊發炎，其膽囊已失去功能，保存膽囊只會增加將來膽囊發炎復發的風險。對於一個已失去功能的膽囊，理應將它切除，把病灶移走，避免將來出現更多發病的風險。相反，如果只是偶然發現一些沒有症狀的膽石，這些病人根本不需接受任何手術。現今沒有醫學證據顯示取出膽石有任何明確益處。

無可否認，醫學知識日新月異，今天不可能或不應該做的事情，明天整個概念可能已被顛覆。但在尚未有足夠數據及醫學驗證之前，醫生應以怎樣的態度去照顧我們的病人呢？

我們經常問：「醫生究竟是醫人還是醫病？」今時今日最令人擔心的是，個別行醫者只專注處理一堆化驗數字或影像。有些所謂「不正常」的化驗報告或影像，往往根本連疾病也扯不上關係。我們作為醫生的要好好思考，今天我們究竟在醫甚麼？

醫患關係永遠是不對等的。因為病人及其家屬完全信任和依賴醫生的專業判斷和道德操守，我們行醫的理應時時刻刻把病人的利益放在首位，將心比己，把病人的福祉凌駕於自己之上。

二〇一九年一月二十一日

當醫生再變成病人

前幾天有一位醫生同事向我求診，奇怪的是他並不是患上甚麼奇難雜症，而是近月頸上長了不少黑色的斑點。這位醫生才四十歲，身體一向健康，生活飲食正常，不煙不酒，也沒有家族病史。可是他擔心這些黑色斑點可能是某些癌症的預兆，所以便變得很焦慮，四出找同事求診。

醫書中的確有記載頸項上黑斑點可能與多種癌病有關係，它的成因並不清楚，只是有些患上癌症的病人於發病前都有長出這些斑點。可是很多健康正常的人也會長出這些斑點，所以這皮膚的問題並不一定是「凶兆」。但這種憂心卻令我這位同事四出尋找更高明的醫生求醫。

他的第一位醫生是個博學多才的專家，看過這位同事的情況後便即時翻查典籍及文獻，結果他提出了十多個頸項患上黑色斑點可能性，並且覺得現階段很難確定病因，必須進一步詳細檢查，包括驗血、超聲波、電腦掃描等。

已記不清做了多少項化驗，但等候報告需時，於是我這位憂心的同事又找另外的醫生求助。他的第二位醫生是個小心翼翼、按規矩程式做事的人。經過診斷後，他便向這同事說：「你的情況有可能非常嚴重，也可能沒有甚麼問題。現階段我不能夠肯定，你自己也是醫生，應該明白箇中道理，還是耐心等候化驗報告才決定下一步吧。」

要做的檢查已經全都做過了，但這段等待報告的日子卻度日如年。身為醫生，知識愈多，憂心卻愈重。內心納悶，於是他也來找我談談他的情況。從他話語間可以感受到一種打從內心說不出來的厭煩，於是我對他說：「我想，你需要的並不是更多的化驗，或從另一位醫生告訴你甚麼可能性或如何不肯定，這些公式化的答案，我們每天也不知重複地向病人說過多少遍。」

我接着說：「當了醫生這麼多年，我的經驗或直覺告訴我，你不似是患上癌病或其他嚴重疾病。當然我沒有水晶球，也許我的判斷未必百分百正確，但身為醫生，我覺得我有責任把自己的想法告訴你，以免你過分擔心。」這位「病人醫生」聽到我這番話後，竟然欣喜地回應：「陳院長，你剛剛的那番說話，是近幾個星期我覺得最入心的！真的很多謝您，我今晚可以睡得好了！」

現今醫學發達，先進的科技及治療往往令行醫者忘記了我們與病人的溝通是最有效的良方妙藥。也許我們也愈來愈害怕出錯，怕病人失望，也怕病人投訴我們誤導或誤診，以至說話也變得愈來愈小心，醫患間的疏離也愈明顯。盼望這位「病人醫生」在確認自己身體無恙後，也會更懂得照顧病人心靈上的需要。

二〇一八年三月十八日

我可以多飲些酒嗎？

上星期，一位八十多歲的男病人回來複診。王伯（化名）是我照顧了十多年的病人，他有一些長者常見的毛病，包括高血壓、糖尿病、前列腺肥大、乙型肝炎病毒及早期肝硬化。

此外，他喜歡每天飲兩杯威士忌。王伯覺得退休後便有點兒無所事事，雖然太太不喜歡飲酒，但她每晚都陪着老伴，待他酒過三巡後便聽他開始「想當年」。兩老的環境談不上享受退休生活，但總叫比上不足，比下有餘。

每次王伯回來複診，我必定要求他檢驗肝功能及以超聲波掃描肝臟，因為乙型肝炎加上酒精是兩大傷肝的因素。只是王伯每次總是向我討價還價，說甚麼定下短中長期目標減少飲酒。我見他多年來身體也保持得相當不錯，雖是每天喝酒，但也算不上是酗酒。每次陪他複診的太太總是搖搖頭，但嘴角的微笑卻是帶着幾分默許。王伯的必殺技便是「想當年」，從解放初期說起……我惟有投降，只是囑咐他要執行他的甚麼短中長期戒酒計劃。雖是如此，每次見到兩老總有點說不出的親切，只希望王伯往後的複診都是「相安無事」。

大約四個月前，例行超聲波掃描發現王伯的肝臟有一個約五厘米的陰影，單憑那些影像無法確定這陰影是良性還是惡性，最安全方法還是安排王伯進一步檢查，包括電腦掃描等。可是多次嘗試聯絡王伯，他都沒有回來複診，直至上個星期他才獨個兒回來見我。

平日的王伯十分健談，同事都稱他像隻「開籠雀」。當天的他卻變得異常沉默，太太也沒有陪他回來複診。

我着緊他的肝臟問題，一見面便告訴他必須盡快安排進一步檢查，並要求他全面戒酒。王伯聽了我的長篇大論後，卻淡淡然道：「我可以多飲些酒嗎？」我感到很愕然，於是便追問發生了甚麼事情。王伯嘆了一口氣，便告訴我說：「幾個月前她走了，走得很突然，話去就去了！」我也感到十分意外，問王伯究竟是甚麼原因。王伯搖頭道：「她素來身體比我好，一天突然在街上暈倒，送到醫院也搶救不了。」我問王伯：「醫生找到原因嗎？」他繼續搖頭，說：「甚麼解剖、化驗等等，我也聽不明白……罷了！人也不在，有甚麼原因不原因。」

「一個人在家中無所事事。陳醫生，我可以多飲些酒嗎？」那份蒼涼的感覺，我至今仍記憶猶新。我知道王伯需要的，已不是甚麼先進的醫學，或如何預防肝臟情況惡化。我想還是給王伯多一點空間，讓他悲傷的心靈尋找可喘息的出路……

二〇一九年四月一日

我們欠缺了甚麼？

頭髮太長了，於是上星期我便跑到了某屋苑的髮廊。我經常去這店子，因為它位置比較偏遠，顧客不多不用輪候，加上老闆友善健談，有點像兒時街坊小生意的味道。這位老闆很有魄力，一位女士撐起整個店子，還要供養父母，生活也實在不易。

這個晚上店子的氣氛異常沉寂，老闆一改她談天說地的作風，反而向我請教一些醫療上的問題。原來她的爸爸早前因為心臟病發，住進了附近的醫院。經深入檢查後發現他的情況嚴重，不適合「通波仔」，只可能考慮做心臟搭橋手術。但由於糖尿病影響腎功能衰竭，手術的風險也頗高，於是醫生要求家人作決定。

她繪聲繪影地模仿那位主診醫生說話：「你哋博定唔博？博的話我就安排十字車送病人到另一間醫院做手術。」她對着我苦笑說：「我們憑甚麼作決定？擲公字嗎？為甚麼醫生要把責任拋給家人？他不可以用他的專業知識給我們建議嗎？」

苦苦掙扎了幾天，她最終決定讓爸爸「博一博」。

一個星期日的大清早，她陪伴爸爸乘救護車從甲醫院轉去乙醫院。在專科病房等候了大半天，終於另一組醫生出現了。他們翻閱病人的檔案，商討好一會後便離開了。不久，病房護士通知她，說已經安排救護車把病人送返原本的醫院。這位老闆感到非常詫異，於是追問原因。護士的回覆是病人不適合做手術，轉介的醫生會再向她解釋。

花了一整天，結果還是原車發還。當她找到了轉介爸爸的主診醫生，那醫生竟然驚訝地反問她：「為甚麼讓他們送你的爸爸回來？我可以做的都已經做了，不做手術還可以怎樣？」說到這裏，她的眼眶也紅了，再不能說下去……

「醫生人手短缺」，這個話題真是有點兒膩！那邊廂要求放寬海外醫生，這邊廂要求開辦第三所醫學院，亦有人歸咎於開會及文書工作太繁重。以上種種說法似乎都有它的理據，增加人手或可以解決表面上的供求失衡。當然，充裕的人手便可以減低工作壓力，讓醫生能夠騰出更多時間與病人及家屬溝通。

醫生的說話是一把雙刃刀，縱是短短數分鐘，它可以削去傷痛的鬱結，也可以把傷口插得更深。我們行醫者不要因「繁忙」而創造難以修補的傷口。

二〇一九年六月十日

聆聽、零聽

昨天，一位十多歲的男孩首次到我的診所求醫。陪伴着這孩子還有他的父母及姐姐。一家人都滿臉愁容，整個診所突然變得氣氛沉重。

原來這位男孩患上了一種慢性的結腸炎症，過去一年因為病情反覆而需要經常進出醫院。受着病魔困擾，他本來要應考 DSE 也被逼暫時輟學。更令人擔心的是，他所用的藥物似乎未能有效控制病情，最後他的主診醫生建議他轉用生物製劑。

「這種藥物很昂貴，每個月藥費一萬元以上，大部份病人需要長期使用。你還是快點作決定，以免病情惡化。」這男孩無可奈可地憶述主診醫生像是判官的說話。

「我們只是普通家庭，如何能夠長期負擔高昂的藥費呢？」他的父親嘆道。「我兒子以後大半生怎麼辦？」說到這裏，一直安靜在旁的母親已忍不住哭成淚人。

如果這男孩的病情真是這麼惡劣，我也無能為力。身為醫生，我有責任再次複檢他的病歷，於是便從最基本的問症開始。花了大約十分鐘，我發現原來他用藥的方法不妥當，根本不能有效地把藥水停留在腸道。因為感覺藥效不大而變得氣餒，他其實已停藥差不多四個月了。

因着種種原因，主診醫生似乎沒有掌握這些資料。再翻查化驗報告，他的腸道炎症只是局部問題，並沒有其他併發症的病史或高風險因素。由此看來，這男孩如能妥善地使用現有藥物，應該很有機會能把病情控制，未必需要用上生物製劑。

於是，我重新向這男孩解釋用藥的方法，並把我審慎樂觀的想法告訴他的家人。出乎意料，他似乎不太了解使用這些藥物的竅門。當詳細解釋以後，一家人忽然重拾希望。雖然我不能預知未來，但對於這位男孩，我相信妥善用藥應該比用重藥更適合。

醫生工作繁忙，一般只能夠在極有限的時間內，根據指引把治療方案給予病人，往往未及與病人深入詳談，便要照顧下一位患者。耐心聆聽似乎是Mission Impossible。可是，這些醫生的基本功往往可以減少很多不必要的檢查與治療，長遠對醫患雙方、甚至整個醫療系統反而更具「成本效益」。

有一天當「人工智慧」可以取代醫生大部份工作的時候，與病人溝通便可能成為醫生與電腦的主要分別。

二〇二〇年六月二十六日

需要請名醫協助嗎？

上星期一位九十多歲的老伯從某私家醫院轉介來威院。老伯患上了急性腸道血管栓塞，引致心肺衰竭，入院時情況十分危急，同事已第一時間提供所有可行的治療，並告知家屬需要作最壞的打算。事實上，我們醫院的醫護團隊不論專業水平和工作效率都是國際一流的。

這位老伯有很多兒孫，當中不少都是長年在海外生活和受教育，對本地醫療系統和運作都不太認識。由於老伯的情況愈趨嚴重，家屬於是不斷地要求同事解釋病況及醫治方案。雖然明白他們憂心如焚，但同事也感到有點吃不消，因為同一時間病房內還有很多重症患者需要照顧和密切監察。

一個早上，老伯的家人直接找我。他們一見面便把一肚子怨氣和不滿發洩了出來：「為甚麼爺爺的情況愈來愈差？他在之前的醫院沒有這麼多問題。」「公立醫院是否不能夠隨便使用昂貴的藥物？」「需要請外面的名醫來協助嗎？」「是否病人年紀大了你們便放棄搶救？」「我們負擔不起醫療費用才跑到公院……」

我明白他們因擔心伯伯病況，心裏確是十分焦慮和不安，再加上種種的誤解，便引發以上一連串「不客氣」的質問。於是我嘗試去處理他們的情緒，不去反駁或爭論，只強調一些重點去安撫他們：「我明白你們都十分愛惜伯伯，希望他得到最好的治療……把伯伯轉到公立醫院來是很正確的決定，因為香港公立醫院的醫護團隊及設備是世界一流的……我明白你們的期望與現實環境可能有落差，但請相信我們，我們這裏的醫護人員都非常珍惜每位病人的生命，不論是甚麼年紀或背景的病人，必定會使用最有效的藥物及最適合的治療方案，盡力救治，從不放棄……」

在這個會面中，大部份時間我都是讓家人表達他們的感受。我發覺聆聽比解釋更有效紓緩他們不安及焦慮的情緒。其實他們心底裏都非常清楚明白老伯已危在旦夕，只是一時間未能接受這個痛苦的現實。抑鬱的心情無法宣洩，便演化成許多負面的想法、激烈的言詞。如何處理家人的期望，疏導他們的負面感受，減輕哀傷及不必要的失望，是醫護團隊經常要面對的挑戰。

昨天，這位老伯在沒有痛苦及家人的陪伴下，終於離開了這個世界。

二〇二〇年七月六日

用別人眼睛看世界

昨天，我帶領一組醫科生在病房實習，出現了一個以往也經常發生的有趣現象，就是同一個病例，每個人所得出的診斷或治療方案都可以不一樣。也許你以為這只是醫科生經驗不足所致，但在行醫的實際環境中也時有發生。其實我們對人對事的觀點往往決定了我們的結論或所謂的「事實真相」。

不少病人向我訴苦，曾向多位資深的醫生求診，結果「愈問心愈亂」，因為不同醫生往往有不同的見解。即使已確診患上某種癌症，有醫生主張做手術，有醫生卻認為動手術也無補於事；有醫生建議用新標靶藥，有醫生卻覺得新藥比不上現有藥物有效。

既然醫學是建基科學數據，為甚麼會出現上述意見分歧，甚至是爭議呢？簡單來說，科學數據只是告訴醫生某種檢查或治療的效率及風險。至於如何應用於現實環境，卻往往是醫生的主觀判斷。

醫生沒有水晶球，再有經驗、再小心的醫生都會遇到他未處理過的病例，或未能完全掌控的情況。除了知識、經驗和細心之外，我相信一個好的醫者要能從病人眼中看世界。例如患有同樣癌症病人，縱使是相同階段，患者對這癌病的態度、對變成了病人的感受都可以截然不同。這往往和患者的背景、經歷和性格有關。

我認識一名運動健將，他不幸患上二期胃癌，雖然手術成功率很高，但由於擔心術後運動表現無法一如以往，便一直逃避手術，不停地尋找隱世神醫及嘗試另類治療，結果白白錯過了不少治療的良機。也有一名患上晚期癌病的不幸人士，由於心有不甘，在他有限的時日中卻承受了不必要的手術及付上昂貴的化療費用。

懂得從病人眼中看他們的世界，可以避免一些不必要的誤會和失望，也可以幫助患者選擇最適合的治療方案。但「設身處地」真的談何容易？其實醫生也可能有自己的盲點，愈是有自信、愈以為有能力經驗，便愈容易以自己的標準作判斷，忽略了病人的真正需要。

曾經有一位前輩說：「一個真正有能力的醫生，並不在乎他能夠去得有多盡、能人所不能。相反，懂得甚麼時候做甚麼事，知所進退，才是真正的大國手。」

能夠從病人的角度出發，用他們的眼睛去看世界，是達到「知所進退」的第一步，也是非常重要的一步。

二〇二〇年七月十三日

「就當幫陳醫生一個忙，好嗎？」

上週一位我照顧了多年的老病人回來複診。王伯今年八十三歲了，不經不覺我已跟進了他十多年了，是一位退休多年的茶餐廳老闆。雖是聽力不大好，但身體還是十分健康，為人健談開朗。還未及坐下，便笑笑口對我說：「陳醫生，我身體很好，不用檢查了！」

然後王伯便談天說地，告訴我他茶餐廳的業主要迫遷，現在正四出物色新舖位。「做了幾十年老街坊生意，突然之間要搬，我真的十分不捨得。」

我感到有點奇怪，因為王伯已經退休多年，怎麼業主突然之間要迫遷？我愈聽愈糊塗起來了。

於是再三追問他的近況，王伯堅持自己一切正常，只是大約兩週前於飲早茶時不小心跌了一交，但只是輕微擦傷額角，沒有甚麼大礙，因此也沒有求診。由於王伯是獨居長者，所以我不能夠從他的家人了解情況。

於是我要求檢查王伯的神經系統，發覺他行直線有點不太穩妥，雙腳的神經反射過敏，懷疑他的腦部是否出了些甚麼問題。以防萬一，我要求王伯進行腦部掃描。

「我很正常，不用擔心，更不需要甚麼掃描！」王伯很直截了當地拒絕我的要求。我明白很多長者都諱疾忌醫，不願意把毛病找出來，恐怕引起骨牌效應。但他們往往忽略「病向淺中醫」的道理，因此錯過不少治療、甚至是搶救的機會。

經驗告訴我不應該讓王伯逃避檢查，於是我堅持到底，說：「多年來，陳醫生從不勉強你做甚麼，只是我覺得你有些令我擔心的變化，就當幫我一個忙，做這個簡單檢查讓我安心好嗎？」王伯素來自信，又樂於助人，所以我把掃描檢查說成是幫我的。經我再三請求，王伯終於答應「幫」我這個忙。

「只此一次，下不為例！」王伯滿臉得意地說。

前幾天收到腦部掃描報告，發然王伯的大腦有一片血塊，經腦外科同事判斷，認為它是硬膜下血腫，這情況經常出現在長者身上，主要原因是碰撞所致，幸好大部份病人於手術後都能夠完全康復。

今天王伯接受了手術，同事告訴我一切順利，希望王伯早日康復。

二〇二〇年七月二十日

三歲定八十？

童年時的我十分頑皮，經常被老師責罰，罵我不守規矩，上課又不專注，總愛發白日夢。還記得我婆婆說我小時候是個非常難照顧的ＢＢ。婆婆常常說：「幸好你自小我便經常餵你吃甚麼甚麼（已經忘記了食物的名稱），幫助你收斂心神，否則你長大後便糟糕！」

「三歲定八十？」「好醜命生成？」對於這些中國人的傳統智慧，我以往總是掉以輕心，以為這只是缺乏知識的想法、偏見或迷信。

隨着我們對人體基因的認識日益加深，才明白到基因決定了許多疾病的風險，例如糖尿病、高膽固醇便是典型的例子。近期一份研究指出百分之七十的癌病其實是「純屬不幸」，因為這些癌病都是由於遺傳或基因突變所導致，正所謂「防不勝防」。既然我們的基因都是來是父母的，所以「好醜命生成」並不是迷信。

當然，運動及健康飲食可以減少發病的風險，對於那些「條命生得唔好」的人士尤其重要。可是我行醫多年，發覺不少非常注重健康的人卻患上嚴重疾病，例如愈來愈多非吸煙者患上肺癌，的確令人感到十分無奈。

雖然好醜可能是命生成，但如果「三歲定八十」是真的話，那麼我們可否於孩童三歲之前調整他們生活或飲食的習慣，幫助他們奠下良好的基礎，令他們將來活得更健康、改變命運？

原來我們的腸道有數億個細菌，這些細菌的數目比我們人體細胞的總和還要多出數倍。愈來愈多醫學研究發現，腸道菌群的組合與兒童成長有一定的關係，例如自閉症、肥胖、糖尿病、克隆氏症、癌病等等。

研究更發現嬰兒腸道的細菌於出生初期容易受着環境及飲食改變，直至三至五歲便形成固定的群組，「健康」抑或「不健康」的腸道菌群可能會影響着他們日後成長。例如食物中的某些添加劑會改變腸道菌群，兒童經常服食含有某些添加劑的食物便可能形成不健康的腸道菌群，增加將來患上多種疾病的風險。

由此推論，「三歲定八十」可能並非迷信之說，重點在乎我們如何令幼兒擁有健康的腸道菌群。

兒童是社會的未來主人翁，是我們的希望。我相信將來醫學科研其中一大重點，便是加深認識腸道菌群對兒童成長的影響，塑造健康的下一代。

二〇一八年十二月二十四日

腸道細菌與免疫力

「陳教授，你可否建議一些方法提升我的免疫力嗎？」差不多每天都有健康人士或病人問我以上的問題。

自新冠肺炎爆發以來，大家都忽然注意個人健康衛生，用盡一切方法免受感染。一方面不停蒐羅口罩及洗手液，同時也着重如何提升身體的免疫能力，防禦病毒入侵。

傳統智慧告訴我們，多做運動、注重營養及充足休息可以提高免疫力。可是健康的生活及均衡飲食並不是人人可以做到。特別是現代都市人，大多都是工作繁忙，飲食又不健康。所以很多人便希望找尋另類方法，希望彌補不足之處。

在眾多提升個人免疫能力的方案中，保健食品似乎是最受歡迎。不知道你有否留意到，國家衛健委今年一月中把腸道微生態調節劑（又稱「益生菌」）納入為新冠肺炎的診療方案。大家可能會奇怪，一個看似是呼吸道的疾病，為甚麼會和腸胃扯上關係呢？

其實腸道細菌生態（又稱「腸道微生態」）的平衡與我們的免疫力息息相關。當腸道微生態失衡，就是腸道內的益菌少了或惡菌多了，便削弱了身體的防禦力，令人容易染病，或受感染後病情較嚴重。

過去已經有不少的動物及臨床研究，指出個別益生菌可以減低病毒入侵的風險或減輕發病的嚴重程度。改善腸道微生態失衡是提升免疫力的一個重要策略。換句話說，腸道健康直接影響我們的抗疫能力。

市面上益生菌產品五花八門，但實際成效卻十分參差。最常見的問題是這些益生菌的壽命短暫，不能夠長久儲存，在貨架上存放待購的過程中已流失了不少。溫度或濕度稍高，也會令活菌量下降。此外，只有極小量的活菌能夠抵禦胃酸而到達腸道。因此，很多益生菌產品都不能夠有效改善腸道微生態失衡。值得留意的一點，不是所有益生菌都可有效提升免疫力，因為生活及飲食習慣會改變腸道微生態，所以合適歐美人士的益生菌對亞洲人未必有幫助。

當大家的注意力正落在研發疫苗或藥物去預防及應對疫情時，透過維持腸道微生態的平衡以提升免疫力，是對抗病毒預防新冠肺炎的一個嶄新方向。重點是要找出缺乏哪些腸道細菌會增加受病毒入侵的風險，以及如何應用科技去增加益生菌的生命力及耐酸能力等等，這方面的研究都是刻不容緩。

二〇二〇年六月八日

如何改善你的免疫力？

「新冠病毒不會消失，疫症將會長期陪伴着我們，我們要學習與病毒共存……」差不多每天都會聽到這些令人苦惱的論點。我們真的沒有甚麼可以做嗎？

除了注重個人衛生、保持社交距離及等待疫苗面世外，我們其實可以積極地提升自身的免疫力，從而減低患病及出現併發症的風險。

「免疫力」似乎很抽象，原來這東西是來自我們腸道的微生物。人體腸道的微生物包括了細菌、病毒及真菌，醫學界稱它們為腸道微生態（gut microbiota）。這些微生物的數量是我們人體細胞總和十倍以上，其重要程度猶如一個「器官」。腸道微生態對平衡人體生理機能，特別是免疫功能有着非常重要的作用。

醫學研究發現以下六種因素會影響我們的腸道微生態：

（一）益生菌（probiotics）

從實驗室及臨床研究的資料顯示，某些益生菌可以改善免疫力，減少受病毒感染的風險或嚴重程度。可是市面上很多益生菌產品都不能夠達到以上效果，主要原因是只有少數細菌品種有此功效，而選擇細菌組合及比例都需要有科學根據。與其盲目地服用沒有數據支持的益生菌產品，倒不如多吃一些含有益生菌的食品，例如泡菜、味噌等。

（二）益生元（prebiotics）

益生元是一種不能消化的纖維，有助益生菌於惡劣的環境下生長。天然食品例如香蕉、洋蔥、蒜頭等都含有大量益生元。雖然這些食物可以間接改善腸道微生態，但有部份人士卻因此增加了腸道蠕動而感到不適。

（三）代糖（artificial sweeteners）

很多人以為代糖比砂糖健康，其實不少研究指出代糖損害我們的腸道微生態，反而促進糖份吸收，增加患上糖尿病及代謝綜合症的風險。值得留意的是，糖尿病患者正是感染新冠肺炎的高風險人士。

（四）壓力

動物研究發現壓力可以損害腸道微生態，臨床研究也指出精神壓力及缺乏睡眠亦會加劇腸道微生態失衡。這現象或可能解釋為甚麼長期壓力會減低免疫力及增加患上其他疾病的風險。

（五）抗生素

濫用抗生素不單增加抗藥的變種細菌，更甚是直接破壞腸道微生態，損害人體免疫力。近年研究顯示，即使是短期的抗生素治療也會導致長達超過半年的腸道微生態失衡。

（六）運動

傳統智慧告訴我們運動可以增強抵抗力，近年更多的臨床研究發現，經常運動人士的腸道微生態比一般人的更健康。

在疫症全球大流行的時候，能夠增強自身免疫力，對己對人都有莫大好處。腸道微生態是主宰免疫力十分重要的「器官」，我們對這個「器官」就要認識多一點，對它好一點。

二〇二〇年七月二十七日

“要跳出困局，我想一切就先由「做好自己」開始吧。”

心靈勵志

我相信人需要有正面思維才可以從繁忙的工作和生活中尋找樂趣和意義。重點是用心竭力去做好每件事，而不要去憂心結果是否圓滿。

我總看自己是「幸運兒」，因為我找到自己熱愛的工作，無論是醫生、教授或院長。

弱者如何取勝？

現實生活中，我們經常面對實力懸殊的挑戰，不少人因而感到灰心膽怯。然而所謂強者真的有那麼強嗎？弱者又是否必然會輸在先天不足？最近，我讀了 Malcolm Gladwell 的 *David and Goliath* 後有頗深刻體會，很希望藉此機會跟大家分享一點兒讀後感。

相信很多人都已聽過「大衛與哥利亞」這個《聖經》故事了。故事主要是關於一個卑微的牧羊少年如何以一塊小石擊倒巨人哥利亞。我不打算在此詳述故事內容或爭論究竟是歷史還是神話。我只想提出兩個值得反思的問題。第一、在勢力懸殊的情況下，弱方取勝是否純屬幸運？第二、弱方究竟憑甚麼戰勝強者？

原來歷史上大大小小的戰役，約七成是弱方取得最後勝利的。何解？以大衛與哥利亞的故事為例，哥利亞身型魁梧，全身披上盔甲，手執重型利器。他向敵軍咆吼罵陣，所有以色列戰士都被這巨人懾服而不敢應戰，惟有一個名叫大衛的牧羊少年毛遂自薦。其實大衛遇過比哥利亞更兇險的對手，為了保護羊群，他多次擊斃入侵的猛獸。在世人眼中，哥利亞是戰神。但在大衛眼中，哥利亞的優勢卻正正是他的弱點。

哥利亞是格鬥高手。大衛明白要贏，便不可以跟從這巨人的遊戲規則。格鬥不是大衛的強項，於是他拾了幾塊石子，從遠處用手上的甩石機把石子彈出，擊中哥利亞的前額。那巨人還沒有機會看清楚大衛便應聲倒下。

這戰果太不合理嗎？其實我們往往以外在條件衡量強弱，以為有力量、名氣、或地位便會贏在起跑線上，但這些表面的優勢卻同時成了所謂強者的絆腳石。還記得兒時，與我一起成長的小伙子，有些入讀了名校及最高學府，但他們並沒有平步青雲。原因很簡單，不是所有人都適合穿戴名牌。事實上，穿上了一身名牌也不代表你會變成人上人。

那麼弱者如大衛是如何取勝的呢？首先，不要看自己是弱者。對於真正的強者，他們的字典是沒有「起跑線」這三個字的。要贏，就要拿出智慧和毅力去超越前面的人。第二、不要盲目地跟從遊戲規則。相反，先檢視自己有何優勢，並盡量加以利用，反敗為勝。

我自少在廉租屋邨長大，生活和學習環境從不是優越的一群，一直以來不是在傳統名校讀書。即使後來唸醫科，縱然我可以選擇其他名牌大學，但最後決定入讀當時全新的中大醫學院。在過去，我一直不是走着別人認為最「安全」、「輝煌」的路，因為我比別人清楚自己要甚麼，在怎樣的環境下我可以更一展所長，如魚得水。

反觀現在，許多事情彷佛已經有一條成功的方程式，以為跟着做便是強者，反之便會失敗！打從出生開始，到哪所學校求學、選擇哪個學科、從事哪份工作、選擇擁有甚麼條件的人作結婚對象等等，似乎社會上都有一套既定標準去釐定優劣。但這些真的適合自己嗎？還是像勉強地穿上了一雙不合身的名牌皮鞋？可能表面風光，實情卻是有苦自己知。

我又想到，當年法國印象派畫家（impressionists）如 Monet、Manet 等的作品被視為難登大雅之堂，不受重視。假若他們跟隨世俗的眼光而放棄理想，追求當時的名利和別人的膜拜，今天我們便沒有福氣欣賞這畫派的傑作了。

我不是鼓勵大家離經背道、挑戰一切的價值觀。但我覺得特別在新年伊始，很值得花時間再一次檢視自己究竟想要甚麼，認識自己的優勢和弱點，然後重新出發。惟有堅持理想、不隨波逐流，我們才會得到真正的成功。

二〇一五年十二月二十八日

這兩個星期是中學畢業生的大日子。IB 及 DSE 先後公佈結果。除了同學感到緊張外，各大院校都為收生忙個不停。

有一位老朋友，他的兒子是應屆 IB 高材生。早兩天他找我聊天，歡喜雀躍之餘，不忘分享了一件令他「嘆為觀止」的親身經歷。原來在 IB 放榜的前一天，他的兒子在晚上十時左右收到一個聲稱是某大學的來電，恭喜他在 IB 考試中取得卓越成績，並邀請他及家人翌日出席一個「特別安排」的會面。他和家人都感到十分驚訝，奇怪為甚麼放榜前已有機構率先取得成績單，並擁有他的個人資料和聯絡方法，再三追問下那人卻支吾以對，但又不似是《警訊》中的行騙個案。

翌日朋友與兒子應邀出席會面。怎料一去便大半天，直到晚上七時半過後兒子要回中學取 IB 的成績單，該院校才「放」他們離去。

我這個老朋友是某公司的部門主管，對公司形象及聲譽非常着緊。他嘆氣地說：「在會面期間，該院校的阿頭不停地自我誇獎也算了，更多番數落其他院校的水平，說只有自己是一流，其他的則只是二、三線而已。唉！抬高自己不是問題，但透過踐踏他人來 market 自己，這樣未免有欠風度吧，手法實在太不高明了。但我最反感的，還是全場人釘人，不斷催促我的兒子答應入讀。我們就偏偏不理會這些自以為是的人。」

當晚朋友的兒子對他說：「當初出席活動是因為對該學系很感興趣，而且對那教授慕名已久，想近距離接觸。但經過那數小時後，卻覺得是『見面不如聞名』，反而不想入讀了。我真的沒想過大學的教授會這樣說話，真的令我很失望。」

老朋友忍不住說：「連未經世面的孩子也知道這是不好的，為甚麼大學教授反而會如此？近朱者赤，近墨者黑，真不敢想像如果我的兒子在這樣的教化下，幾年以後會變成甚麼模樣。」

我聽後只是淡然一笑。其實類似的故事也曾有聽聞，今次只是老朋友告訴我他的親身經歷。他可能見我沒甚麼特別反應，便追問：「你自己也是大學教授和院長，你為何那麼冷靜？我不熟大學收生，但不採取相應行動，會不會『蝕底』了？一般家長及學生不知就裏，很容易便會相信他的一面之詞，就這樣被誤導了。」

我想了一會，倒抽了一口涼氣，便說：「與其花時間流於口舌，我們為人師表，不如踏實地把教育辦好，以身作則，給我們的學生做個好榜樣吧。我相信同學、老師和家長是明智的。」

我老友的經歷值得我們反思。能夠進入大學教育的孩子，學習能力都十分高，但容易墮入自高自大的陷阱。正如我的老友所說，「近朱者赤，近墨者黑」，所以我們為人師表，更應該以身作則，用謙卑的心去欣賞別人的長處，互相學習，以廣闊的胸襟去包容多元的意見，從而不斷自我提升，達致「教學相長」。

朋友的兒子已為大學選科作了決定。我為老友有這樣的兒子高興，知道他未來的前途將無可限量。

二〇一六年七月十八日

工作與生活

「醫生」，總是給人一種工作繁重、天天與生死博鬥的印象。相反，「院長」往往被視為高高在上，終日長駐辦公室開會的領導層。

出身草根的我，能夠成為醫生實在是「吾生有杏（幸）」。即使當上了院長，我始終不願意放棄初衷。雖然院長的聘書中已經「豁免」了行醫、教學及科研的責任，我仍然堅持要做一個醫生及教授的工作。這些工作並沒有額外補水，我也不可能用合約之外的義務工作為藉口，要求減少自己的份內責任。

一身兼顧四份工作可能嗎？可以把每樣工作都做得好嗎？當一個人忙得喘不過氣，怎可能平衡工作與生活？有些朋友覺得我像一枚鹼性電芯，總是精力旺盛、不眠不休。其實我跟所有人一樣，會感到困倦，也需要私人生活。如何利用有限的時間與精力，去發揮最大的效果而不把私人或家庭生活埋葬，是「院長醫生」的一種挑戰。

首先，我覺得最重要的是個人心態。我不喜歡用「兼顧」的心態做事，因為「兼顧」很容易留於表面或形成心理負擔。終日滿心掛慮，怎能把事情做得好？無論是工作或生活，我覺得每件事都要抱着熱誠去做好它。當然，並不是所有人和事都能稱心如意。當了院長三年多，我經歷過不少風風雨雨，有些是成就，也有些是學習和磨煉。回望這些日子，這一切都令我的生命變得更精彩，令我更有信心面對將來更大的挑戰。

曾經有位老朋友笑我說：「你是打不死的硬骨頭！」我相信人需要有正面思維（positive thinking）才可以從繁忙的工作和生活中尋找樂趣和意義。重點是用心竭力去做好每件事，而不要去憂心結果是否圓滿。我相信這是高成就者（high achiever）與完美主義者（perfectionist）的分別，前者勇往向前、擇善固執、向着標竿直跑；後者卻是終日思前想後、總為了一點點瑕疵便耿耿於懷。

我總看自己是「幸運兒」，因為我找到自己熱愛的工作，無論是醫生、教授或院長。

也許有人懷疑我是否工作狂。我覺得工作狂是對事，工作熱誠是對人。有些醫生每當面對艱險複雜的手術便會興奮莫名，着眼手術是否成功，彷彿手術枱是一個個戰場，心中只有勝和敗；也有一些醫生，他們聚焦在病人身上，一心只往病人的好處着想，無論手術或治療結果如何，都做到仁心仁術。我相信單是工作狂熱或會令人變得孤獨，惟有對人充滿熱誠的心才能夠歷久常新。

第二，我們必須懂得取捨。人的能力和時間畢竟有限，在適當時候做適當的事情，否則只是空有一腔熱血，到頭來一事無成。每天都有很多人提出不同的要求，我的原則是衡量每件事情的「緩、急、輕、重」。既重又急的事當然要即日優先處理，幸好這類事件不是每天都發生。又「輕」又「緩」的要求會安排到最後或拒絕。重要但不急的事情需要設立一個時間表去按時處理。往往每天容易令我們分心的，卻是一些似乎是急但不太重要的問題，這些事情需要藉助團隊協力處理。我的意思不是把工作推卸給別人，而是要建立有系統的團隊，給予下屬自主權一起分擔工作。如何做一個既願意下放權力又有承擔的領導是一門學問，將來再詳談。

第三，不要把勞累或煩躁的心情帶回家。我只有很少時間與家人相聚，如果沒有公務的話，每晚定於八時半的晚飯便是我們一家人的約會。儘管工作偶有不如意，我也不會用「愁容」作為加餸。孩子日漸長大，如果她們感受不到爸爸的重視，將來也不會對家庭有任何眷戀。我不是說要壓抑自己的情緒，相反地，一天的重擔已經足夠了，何不開開心心返家然後明天再戰江湖？

人活着，便要不斷學習、求上進。我也會繼續不斷努力，希望在面對更多更大挑戰的同時，也活出更好的自己，成為更多人的祝福。

二〇一六年十月二十四日

《妙手仁心》二〇一七

《妙手仁心》，一套差不多廿年前的電視劇最近深夜重播。劇集雖舊，但仍有不少捧場觀眾。聽説不少醫生和醫學生都因為受到故事的感染而投身杏林，香港的兩所醫學院可能要感謝電視台多年來的免費宣傳！

我發覺有關醫生的電視或電影故事總有幾個共通點。一、醫生大多是靚仔靚女；二、醫生喜愛夜蒲，他們是酒吧或高級會所的常客；三、醫生的工作充滿挑戰性，每天面對的不是生死搏鬥便是罕有的奇難雜症；四、醫生都總是妙手仁心的。

真的嗎？

在現實世界中，醫生都是普通人，沒有天生一副明星相。或許有少數醫生像程至美或Jackie Tong，但脫下了醫生袍後，大部份醫生與一般市民無異。

醫生喜愛夜蒲嗎？其實畢業後的首個七年是相當艱苦的。捱過了第一年on call三十六小時實習的非一般人生活後，接着便是六年的專科訓練。除了長時間工作外，放工後更要自修或上課，必須「過五關斬六將」才能取得專科資格。這又何來時間流連酒吧夜蒲呢？

其實醫生的工作並不是每天都與死神周旋或處理奇難雜症。相反，大部份醫生每天都是重複地照顧老弱或長期受病患困擾的市民。這類工作絕對沒有電視劇集所描述那般緊張刺激，甚至有年輕醫生向我反映，覺得照顧這類病人沒有多大滿足感。可惜這些既平凡又真實的情況欠缺戲劇性，很少會被用作劇情。我藉此向有志從醫的年輕人呼籲，你們對行醫的熱誠不應放在個人滿足感上，成功醫治疾病並不是必然的，其實只有少數的病人可以痊癒。你願意照顧那些長期病患、藥石無靈的病人嗎？你可以忍受病人情況不斷惡化而你又束手無策的無奈嗎？

我有幸到過世界不同地方去了解他們的醫療制度。不是賣花讚花香，相比下香港的醫療水平及醫生的專業精神是世界首屈一指的。可是成功卻是成功的最大敵人，社會大眾對醫生的期望是不會下降的。很多研究指出，超過半數的年輕醫生感到乏力及沮喪。這並不是他們不願意刻苦，而是那種不容犯錯、長期被要求有好表現的壓力令年輕一代喘不過氣。妙手，可以透過不斷的訓練而達到。仁心，卻會在不知不覺間被繁瑣、因循的工作或挫敗漸漸磨滅。

妙手仁心，既是我輩的信念，亦是孫悟空的金箍圈。有多少醫生能夠堅持到底？

話說回來，那些年我也有追看這套電視劇，當時我還是年輕一輩的醫生。廿年後，經歷了許許多多的洗練，重看劇裏的許多情節，又是另一番體會。

後記：有同事問我，在眾多角色中印象最深是哪一位？我想，是急症室高級醫生黎國柱了。因為他非常表現到醫生的一個特性，就是十分我行我素，人物性格非常明顯。想當年，我們都會以師父為模範和學習對象，行事為人每每以師傅為榜樣，醫生因而較有個人風格。現今醫療則較重視企業文化，做人處事以醫院守則和績效指標（Key Performance Indicator）為依歸，除了提供整體上有質素的醫療服務外，醫生的個人色彩較以往已相對模糊了。

二〇一七年三月二十日

青春常駐？

「你……為甚麼好像不會老的？」這是多年不見的舊同學於聖誕聚首的第一句話。一些女士們更單刀直入的問：「你用哪個牌子的護膚品？」更有人毫不客氣地問：「老實告訴我，你是否去韓國整容回來？」

聽了這一連串問題，我不禁啼笑皆非。其實不少人也曾向我提出這些問題，雖然身為醫生，我並沒有甚麼長春不老的秘方，但一些保持身體健康、減慢中年衰老的個人生活方式，卻不妨與有興趣的朋友交換意見。

「多作運動、注意飲食、不煙不酒、充足睡眠」，這些老生常談的道理任何人都曉得，可是在這個生活緊張的都市卻談何容易？雖然只有少數人能夠達到以上要求，但我相信都市一族其實也有其他折衷辦法。

對於中年人士，經常運動是必需的。我沒有興趣定時到健身室操練，但我要求自己每星期最少三個晚上用三十分鐘緩跑四公里。主要目的並不是要燃燒卡路里，更重要的是鍛煉毅力，不要讓「忙碌」或「疲倦」成為藉口。由於日間工作繁重，我經常晚飯後或夜深才跑步。這類運動也可以減壓、提升心肺功能、穩健下盤、以及幫助消化。此外，我每天都有舉啞鈴的習慣，那個十公斤的小啞鈴便經常放在我的腳下。研究發現，我們的肌肉從四十歲開始便不斷萎縮，惟有鍛煉肌肉才可以減慢這個退化的過程。

過量飲食是我們的大敵人。坊間有不少的飲食秘訣，我不予置評。很多人更刻意節食減磅，除了有某些疾病需要積極控制體重之外，於短時間內急劇減磅其實對身體有害，例如增加患膽石的風險。我沒有刻意控制飲食，但我卻守着三個原則：

第一、不要讓自己有過飽的感覺。我每星期雖然有很多應酬，但每餐飲食總是適可而止。第二、不吃宵夜。第三、不吃零食例如汽水、糖果、薯片等。零食往往是吸取過多卡路里的主要原因。

充足睡眠會令人青春常駐嗎？我是一隻超級貓頭鷹，喜歡夜闌人靜才工作。我不是要鼓勵大家不用注重休息，但是甚麼才是足夠？每個人的生活習慣都不同，我平均每天睡五小時，良好的睡眠質素比睡眠時間更重要。

其實容顏終有一天會衰老，就連金庸先生筆下的美人黃蓉也不例外。但我覺得最重要的，還是自己的心態。青春，是從內心發出的一股朝氣以及對生命的熱愛。要青春常駐，我經常提醒自己要保持正面的思想，世上無難事，只怕「年輕人」。我相信「相由心生」，心境年輕的人自然會散發出青春的氣息。

二〇一七年一月九日

從棺材裏看天空

「陳教授，你行醫多年，見盡生死。究竟死亡是怎麼一回事？死亡會是甚麼滋味？」

曾經有不少朋友問我以上的問題。每次遇到這個問題，我總是無言以對，只有苦笑。

當面對死亡的威脅，常人都難免感到徬徨和恐懼。醫生雖然見證不少死亡個案，但當死亡臨到自己身上，就連身經百戰的醫生也會感到膽怯及無奈。

下筆之際的前一天，我剛有一位醫生朋友因胃癌病逝。他與病魔搏鬥了兩年多，其間嚐盡不少治療所帶來的痛苦，最苦的還是看着自己被病魔蠶食、日漸消瘦的容貌。雖然自知日子無多，但他始終沒有放棄，盡力去掙扎求存。他生前是一位在事業上非常成功的醫生，擁有美滿的家庭及幸福的生活。沒想過死神他選上。就此，世上一切美好事物，他最後甚麼也不能帶走，留下來的就只有身邊的人對他的思念和回憶。

世上究竟有誰真的經歷過死亡、嚐過穿梭陰陽的感覺？臨近死亡邊緣的感覺又會是怎樣的呢？

不少電影橋段把這個狀態打造得神秘莫測，例如靈魂出竅、穿越生死的隧道，或渡過「奈何橋」喝「孟婆湯」……

其實，危殆的病人因為器官衰竭，大多處於昏迷狀態。從某角度來看，昏迷可以令病人免去忍受清醒所帶來肉體及心靈上的痛苦。但既然極少人能夠起死回生，我想一切電影橋段所描述的都只不過是編劇的想像力而已。

幻想我們的腦筋仍是清醒的話，我們會怎樣去走完人生最後的一段路呢？我想，我不會打算去回顧一生有多少遺憾，因為我再沒有能力去改變或補償。也許我有興趣知道多少人會為我離去而感到傷心難過，因為我可以帶走的，可能就只有這一點兒的片段。

有否想過……到最後一刻，躺在一副兩呎乘六呎的棺木內，觀看上面的天空，會是怎樣的感覺？原來走到生命盡頭，我們能夠看見的天空仍是如此狹窄。或許生前我們會有很多執着，只因我們總是堅持自己眼中所看到的世界是對的，容不下別人眼中的角落。直到我們蓋棺前的一剎那，我們的眼界也依然受着四塊木板所規限。所謂萬物之靈，其實不過是自我中心如此。

人，畢竟是如此渺小，生命也是此等脆弱。既然最終甚麼也帶不走，最後一瞥亦是如此有限的天空，那我今天又應該如何地活呢？

二〇一七年八月二十一日

我要一個 C-3PO

還記得電影《星球大戰》那個金色的機械人 C-3PO 嗎？它懂得與人類溝通，更重要的是它對主人絕對忠心，永遠伴在主人身旁、不離不棄。

有否想過，這種懂得與人溝通的智能機械人可能成為你和我的「老伴」？

隨着醫學進步，人變得愈來愈長壽。「長命百歲」已沒有甚麼稀奇，我相信現在年齡介乎四十至五十歲的香港人，每十個便有三個活到一百歲。更驚人的估計，是現今出生的嬰孩將大多活到一百廿歲！

但「長命百歲」一定開心嗎？我卻不以為然。

年長人士要面對的何止是健康、經濟及居住的問題？我覺得長者最大的挑戰，是如何面對「孤獨」。

老年孤獨有很多原因，除了子女獨立、伴侶或朋友逝世外，我們其實會自自然然變得愈來愈孤僻。原來隨着人年紀漸長，大腦會漸漸起變化，令我們變得不容易接受新事物。人與人相處變得愈來愈困難，本是相安無事的夫妻也可能變得格格不入；為人子女的也覺得照顧年老父母倍感困難，總是吃力不討好，人與人之間的隔膜隨着歲月增長，這種種因素都令很多長者過着孤單的日子。

可是人類本是群居動物，有多少人能夠快快活活地長期獨個兒過活？試想想，假若你要孤獨地度過餘下的二十年，你的感受會如何？

面對人口老化，社會着眼點大多是放在醫療及安老服務，長者面對孤獨的問題卻往往被忽略。有專家倡議我們要跨代溝通，當我們還未踏進老年期，便要學習與年輕人溝通和相處；少年人也要自小學習尊敬及包容長者。我很同意以上的建議，只是我不知道可以如何有效地「復興」這些早已被遺忘的獅子山下傳統價值。

隨着科技一日千里，我相信由人工智能機械人照顧長者的情況，不會再是科幻小說情節。我幻想有一天，當我活到過百歲，那時候身邊的親朋也已老得無力照顧自己，可能 C-3PO 會成為我唯一忠誠可靠、不離不棄的家傭及朋友。它會廿四小時伴着我，早上陪我飲茶，中午幫我買飯，晚上跟我聊天而不感困倦，照顧我大小便失禁而不會顯得厭煩。它的人工智能曉得分辨喜怒哀樂，在我高興的時候跟我一齊開心；在我難過的時候陪我一同傷感。

總有一天，機械人會比家人更親更可靠……

二〇一八年六月二十五日

變幻原是永恒

童年時，我常常聽外婆憶述當年打仗的日子。每當防空警號響起，所有人便立即放下手上的工作，躲進防空洞內。當空襲過後，他們便返回自己的地方，繼續如常生活。日子愈是艱苦，生命卻愈頑強。

面對這威脅全球的疫情，挑戰是前所未見。過去兩個多月，我每天除了回醫院工作外，還與科研團隊日以繼夜與時間競賽，希望盡快找到應對疫情的方法。觀乎疫情發展，我們實在不能心存僥幸，以為今次新冠狀病毒會像當年 SARS 一樣，再多過幾個月便自然消失。

既然沒有水晶球，我們便要有心理準備打持久戰。可是，更有效的防禦政策也不可能長年累月地執行，因為我們都是人，都會感到疲累，日子一久，就慢慢地變得鬆懈、沮喪、甚至放棄。

想有喘息空間，我們未來的日子便要像外婆當年抗戰時代的生活，時刻做好作戰準備。例如當疫情放緩的時候，我們可以容許適量的社交活動、上班和上學，讓我們一嚐「正常」生活。一旦疫情突然轉差，我們便立即再次穿上全副武裝，躲進「防空洞」裏去，直到警號過後又再跑出來。如此這般，不斷重複這個循環，度過這段疫情反反覆覆的日子。

「打仗」、「避難」的日子絕不好受。看不清前路，就只能見步行步，很多長遠計劃和安排也變得難以落實。不要說社會經濟民生，有時候可能連自己明天的生活和安排也未必掌握到。如果疫情仍要持續一段頗長的日子，我們便要學習和適應這種「靈活」的生存方式：今個星期生活如常，但可能下星期又再次如臨大敵……將這種抗疫的生活模式視為「日常」。

如此反反覆覆的過日子，實在令人精神緊張、身心疲累。久而久之，不但自己情緒崩壞，也影響與家人、朋友的相處，小小事便會引起摩擦，更可能引發嚴重衝突。

要跳出這個困局，我想一切就先由「做好自己」開始吧。先做好心理準備，管理個人期望，接受會有一段頗長時間要反覆無常的生活，明白到「變幻原是永恆」。除了長期注意個人衛生，也要在不同的角色和崗位上做好本份。當每個人都堅持盡力做好「小我」，「大我」就會得以成就。

反反覆覆的抗疫日常，是艱難的；但再艱難也要堅持，再累也不要鬆懈和放棄。「最黑暗的時刻往往也是最接近光明的時刻」。過去香港捱過了一個又一個的難關，我信，今次都不會例外。

二〇二〇年四月十三日

疫情中的一點光

「香港，再不是昔日的香港了……」不少人戴上灰色的眼鏡看這個都市。

自去年六月開始，香港人像生活在揮之不去的陰霾下，不如意的情況接二連三地發生，先有社會事件，隨之而來是新冠肺炎疫情爆發，加上中美關係日益緊張，大家的負面情緒「爆燈」，都感到很累、很「憹悶」。

我不時都聽到身邊有朋友說，香港人是全球疫情下最可憐的人，因為香港人在短短一年間，經歷着許多前所未見，甚至是想也未曾想過的情況，一波未平、一波又起，政治、社會、經濟、日常生活等各方面都正面對巨大衝擊，要在短時間內迅速應變、「執生」，實在非常不容易。不少市民感到身心俱疲、焦慮，甚至出現抑鬱的狀況。但在這灰濛濛的環境下，我們真的絕望了嗎？

在這段日子裏，我不時收到一些朋友的短訊和來電，當中有些是以往經常見面，但最近因疫情緣故已停止聚會的朋友；有些是很久沒見的舊同學和老朋友；也有很多是外國的學者和研究伙伴，以往每年一兩次在大型國際會議上會聚首，但今年因會議取消而無法碰面。大家透過視像、短訊、電郵、社交平台等不同渠道彼此問候，希望知道對方別來無恙，一切安好。

回想過去一年，社會出現的猜疑、不信任和撕裂，家人、同事、朋友，甚至街上路過的人，許多時都會因為一言不合而反目成仇，甚至大打出手。反而在疫情下，大家面對着「病毒」這個共同敵人，我們在見不到面的時候反而透過社交平台、電話互相問候、互相提醒，人與人之間好像再次連結起來，彼此關心，重新建立關係。保持社交距離及停止聚會並沒有把人與人的關係變得疏遠。從這個角度來看，這疫情似乎給予我們一個修補創傷的機會。

或許有很多人覺得現在香港正經歷前所未見的黑暗，但在愈黑暗的環境下，光便愈發變得明亮、耀眼。就讓我們在這「伸手未見五指」的時候，抓緊這點光，也重新珍惜過去許多我們一直以為是理所當然的幸福吧。

二〇二〇年八月十日

向前看

很快又是新學年開始。因着疫情的緣故，今年很多安排和以往都有所不同了。迎新活動移師網上舉辦，課程簡介以視像會議方式舉行，開課後很多課堂也將變成線上教學。

不少活動都因為疫情取消或擱置，我和許多同事都感到十分可惜。大學生活，人和人之間的相處和互動最彌足珍貴。大O細O、組爸組媽，真的可以說是人生其中一個最重要的回憶，當中建立的友誼更往往是一生之久。轉為線上舉行，會不會少了我們最重視的 human touch 呢？

首次舉行網上迎新，雖然未必可以沿用以往的活動模式，但相信憑着同學的創意，virtual O Camp 可能帶來前所未有的驚喜。

在疫情下，人們常常講「新常態」。是的，這個疫情改變了生活的許多範疇，例如學習和工作模式、人與人之間的交往等等。與其無了期的等待疫情過去，重回以往的生活模式；倒不如切實地面對當下環境，發揮創意，利用嶄新方法去解決眼前的境況和困難，說不定會有意想不到的進步和得着。

人，總是要向前看的。長輩常說「關關難過關關過」，內裏蘊含着生命的韌力和對未來的樂觀積極，值得我們學習。

過去一年香港也經歷着許多做夢也沒想過的事。這段日子，身邊很多人都在談移民，也有很多人把子女送到海外讀書。我相信無論在哪裏生活，都有各自要面對的挑戰和困難，很難說在哪裏生活一定較好。去或留，都有各自的原因。或許香港真的已不一樣了，但如果要留下，就讓我們向前望，展現我們的韌力，期盼這裏會成為更耀眼的「東方之珠」。

二〇二〇年八月二十四日

「Francis，這是我的辭職信，很高興與你多年並肩作戰……」一位多年的同袍兼兄弟要離開中大醫學院的消化及肝科團隊了。

回憶當年的日子。中大醫學院的腸胃肝臟科創立於一九八五年，直到沈祖堯教授於一九九二年從加拿大回港後，才把它打造成為今天蜚聲國際、顯赫有名的團隊。究竟這個傳奇故事的成功原因是甚麼？

其實當年的沈教授只是一位年輕的醫生，整個團隊就連一個專科見習生也沒有，可以說是「無人無權無勢」，而我便是沈教授收的第一個門生。我本可以隨便選擇心儀的專科，但我並沒有抱着泊個「大碼頭」從此扶搖直上的心態。相反地，我選擇了一位無權無勢、年輕的沈醫生作我的師父。

我不懂得風水面相術數，也沒有水晶球，沒可能預知當年一位年輕陽光的醫生，他朝會變成了醫學及教育界的巨人。當年的我只知道追隨一個值得自己學習的人，而年輕的沈醫生充滿幹勁，追求卓越，以生命影響生命。多年來他一共吸引了十二個門生，我們常笑稱是「十二門徒」。今時今日，「十二門徒」都已獨當一面，成了國際有名的醫生及學者，在醫學科研和臨牀服務上，留下佳美的腳蹤。

每當我們一班師兄弟閒話家常，想起當年艱苦辛酸、孤立無援的日子，記起當年面對過的人和事，都會有種「寒天飲冰水，點滴在心頭」的感受。今天擁有的，其實是由過去無數的挫折和失敗換來。毋忘初心，只是一心希望實現夢想，在甚麼地方跌倒就在甚麼地方爬起來；再跌倒就再爬起身。「愛輸才會贏」是我的信念。

現今世代的年輕人比我們當年更優秀、更進步，但他們生命的韌力究竟有多強，又有多少人願意不計得失，不斷跌倒不斷爬起，努力地向着標杆直跑？今天的醫療發展着重可量化的指標（KPI），以企業管治文化訓練了一批又一批有質量保證的服務隊伍，但個人面目卻變得愈來愈模糊不清。以生命影響生命的態度去栽培下一代，似乎已變得不合時宜。

師兄弟的離開，有如天下無不散的筵席，人大了各散東西其實都正常不過。師父當年悉心地栽培了我們十二人，今日我們又把畢身所學毫無保留地傳給下一代，讓有志行醫及委身科研的年輕人能夠青出於藍，薪火相傳下去，讓更多不同種族、性別、宗教或政見的人受惠。

二〇二〇年十月十九日

“曾聽說過女兒是爸爸前世的情人，今世到來是向你討回未了緣。看着孩子健康快樂地成長是極大的安慰，但看着她漸漸遠去、留不住的背影，鼻子總是酸溜溜……”

生活醫言

人與人的相處，起初大都是美好的。隨着經歷多了、風雨多了、摩擦多了，當初的美好漸漸褪色，慢慢地便冷淡下來，最後靜靜轉身而去，不留下一點痕跡。但願人生若只如初見……

我有一種並不普遍的興趣，就是喜歡研究及收藏古老的物件。每逢有甚麼藝術品展覽，我便千方百計地找機會去參觀，每次最少花上大半天。女兒長大了也漸漸學得聰明，每次我企圖帶她們一起去參觀展覽，她們便堅決地死守在房間。很多朋友都不認同我這種嗜好，覺得這是「阿公阿爺」年代的玩意，不明白我為何如此「古老石山」。

大家請不要誤會，我並不是那些家財萬貫的公子哥兒。我自少出身寒微，又怎有能力附庸風雅？只是從研究及收藏的路上，卻不經意地領略到一點兒做人道理。

大約在八十年代，我偶然跟幾位前輩到荷里活道附近逛古董店。其中一位古玩店老闆跟這幾位前輩是十多年老朋友，見我一個乳臭未乾的小子在東張西望，便拿出好幾件珍藏給我一開眼界。這些珍藏中好些是明清的文房用具，也有些據說是遠古的出土文物。老闆逐一向我解說每件東西的典故，霎時間好像帶我重溫遺忘多年的中國歷史。當時我感到讚嘆不已，為甚麼老闆隨意拾起一件舊東西，便可以串連不同朝代的歷史文化，例如明代的簡樸相對清代的霸氣，也開始了解王者用不同的手段統治他們的王朝。原來數千年來人性盡皆如此，只是用不同的手法來鞏固自己勢力。成者為王、敗者為寇、歷史自有公論云云，都只不過是一廂情願。

當我沉醉研究及收藏舊東西，便開始明白「真」與「假」的道理。到底甚麼是真？

有一次那位老闆取了一幅明代唐寅（即唐伯虎）款的書畫給我欣賞。看了良久，無論筆法、風格以及畫紙的年份，都與參考書記載的沒有分別。只是……「不大可能吧？」這就是我當時的結論。「為甚麼這幅畫不是真的？」老闆笑着問。我心裏暗忖，如此珍品怎可能流落在這地方？只是不好意思說出口。老闆便追問：「若然這幅畫是放在那些國際拍賣公司便可信嗎？」我忍不住說：「那些名牌公司有專家鑑定嘛！」老闆聽了便感嘆地問：「何謂專家？那些專家是否站在唐伯虎身旁看他寫畫？」

掙扎了數星期，我決定把這或真或假的唐寅款書畫買下來。管它真或假，當時我只想擁有這件東西，佔有慾完全沖昏了我的頭腦。跑到老闆的店子，我的天！已有客人把它買下！我苦苦哀求老闆，甚至願意出更高價把它搶回來。老闆笑笑地拍拍我的肩膊說：「年輕人，你真的知道自己要甚麼嗎？」我說：「我要那幅畫。」老闆便嘆道：「傻小子，你根本不懂欣賞這幅畫，你只是想擁有一幅可能是唐伯虎的真跡而已吧！」我追問：「老闆，你現在可以告訴我到底它是真的還是假的嗎？」他笑道：「傻小子，甚麼是真？甚麼是假？霧裏看花，一切都變得很美麗。如果你懂得欣賞那畫中意境、喜愛畫家的筆法，是否唐伯虎的作品重要嗎？他朝一日你榮升『專家』後，你說甚麼是真的，又有多少人敢說不呢？但那又是否代表你所判斷的是完全準確？」

今天不少人會為心中所愛不惜一切地去爭去搶，但到頭來有多少人真的知道自己所追求是甚麼？還只是爭名逐利？或人有我有而已？霧裏看花，甚是美麗，清醒過後，可能又不外如是。煩惱皆由貪、嗔、癡而來。真真假假，如同鏡花水月，到頭來是真是假又何須執着？

二〇一六年十一月七日

奇異博士

昨晚真的很難得，可以一家人去看電影。上次全家一起上戲院是甚麼時候我也記不清楚了。

「我們要看《奇異博士》（*Doctor Strange*）！」。我對這齣電影本是一無所知，也不甚感興趣。只是因應女兒的強力要求，我惟有順應兩個「囡皇帝」。由於我很晚才離開醫院，一家人隨便吃了一點速食便趕赴戲院。本以為可以在漆黑中安睡兩小時，想不到這齣電影帶給我連番驚喜與反思。

故事描述一位非常傑出的腦外科醫生，精湛的技術令他成為醫學界的神話。一般醫生認為不可能的手術，他卻手到拿來，妙手回春。成功及榮耀並不一定是祝福，他高傲自負，目空一切。很多身患惡疾的病人慕名求醫，但他卻非常「揀擇」，因為他的眼光只放在那些可以讓他技驚四座的病症上。他所做的手術，已不單純是為了醫治病人，更多的是追求個人滿足。看到這裏，我不禁會心微笑。我輩行醫，究竟有甚麼可以值得誇耀？我們的熱誠是對人還是對工作？

禍福無常，一次交通意外令這位腦外科醫生雙手殘廢。身為「半個」外科醫生的我，可以想像廢了雙手比死更痛苦！劇中的主角花了畢身積蓄嘗試不同的治療，結果都是一次又一次的失望。更諷刺的是一位學者拒絕用尚在研究中的幹細胞療法嘗試醫治他的雙手，因為一旦失敗便會令這位學者名譽受損。人攀得愈高，就愈珍惜自己的名聲。

現實世界的絕望驅使這位腦外科醫生尋訪世外高人，也開展了一段科幻故事。最後他由高傲、自我中心的名醫轉化成甘願為世人犧牲的奇俠。

我不是影評人，不打算分析戲中情節。但結局卻令我有點感慨，原來一個如何出類拔萃的人，往往都有很多盲點。當這位腦外科醫生滿以為恃着雙手便勝過一切，他的眼光其實也跳不出自己的世界。正如戲中的世外高人對這位醫生說：「你只不過是坐井觀天，不斷地挖一個更大更深的井，以為可以看得更高更遠。」

今天不少人的眼界也很類似這位腦外科醫生，像隻青蛙一樣地坐在自己挖的井底觀天，便認定世界就只有這麼大小，容納不下其他青蛙眼中的天空。原來世界之大是由無數隻青蛙眼中的小天空加起來的，可憐不少青蛙卻為着堅持自己渺小的世界而變得剛愎自用，互相批評，甚至勢成水火，寧可玉石俱焚也不肯退讓半步。終有一天當災難降臨，像這位醫生變得一無所有，我們才認識自己的渺小，只不過是歷史洪流中的一點水滴而已，可惜這教訓的代價實在太大了。

我欣賞戲中的主角，他有能力恢復雙手的功能，再嚐萬人景仰的滋味，但他最終選擇了拯救世人而放棄安逸奢華的生活。在現實世界中，這類人是罕有品種，有些是大徹大悟，看破紅塵；也有些是擇善固執，明知不可為而為之。

在這渾濁的世代，但願我們努力跳出自己的井，在遼闊的天空下認識自己是何等渺小。

二〇一六年十一月二十一日

沒有蛋糕的快樂生日

上星期三是太太生辰的大日子。這個晚上，我們沒有燭光晚餐，因為各自工作至八時半才回到家裏。我沒有預備甚麼生日禮物，因為太太對珠寶、名牌手袋、化妝品通通都沒有興趣。就連生日蛋糕也沒有，因為她不喜歡甜品。生日，就跟平日一樣，平平淡淡地度過。

一如以往，一家人於晚上八時半開飯。對我來說，晚飯是每天最寶貴的時光，因為一家人可以聚在一起、享受天倫之樂。我的家有一個規矩，就是不可以用「手機送飯」。我自問是一個不折不扣的「手機奴隸」，就連睡覺也機不離手，分分秒秒都與源源不絕的電郵或訊息搏鬥。兩個女兒也經常沉醉於虛擬的網絡世界。幸運的是，一家人都覺得閒話家常比用手機上網更開心，所以每晚各人都很合作地放下手機才吃飯。

一家人真的有這麼多話題嗎？當然，我不可能期望孩子明白自己的工作壓力和煩惱。同樣地，我也未必完全體會女兒為何因着一些芝麻綠豆的小事而悶悶不樂。原來我們都不知不覺活在自己的世界裏，人與人變得愈來愈疏離。緊握着手機的「低頭一族」，可能只是反映自我疏離的現象，而並不是手機的發明把人與人的距離拉遠，也許我們不應把所有責任都推卸到網絡世界。

想享受閒話家常，就要先放下自己，跳進家人的世界裏。我喜愛跟小女兒談論網上漫畫 *One Punch Man* 的情節，為甚麼那位所向無敵的英雄總是如此低調？我們也經常爭論，究竟是 Iron Man 好打還是 Spiderman 好打？結果我們共同擁有 Iron Man Mark I、Mark II 及 Mark III 的公仔！大女兒與我同樣喜愛音樂，不過她總是覺得 *Taylor Swift* 的 *shake it off* 好聽，但我卻鍾情寶島歌王青山的《淚的小雨》……普普通通一餐晚飯，其實也可以變得很豐富。

晚飯後，鄰居好友忽然到訪，原來他們一心為我太太慶祝生日。可是生日蛋糕欠奉，我們惟有把過年剩下的馬蹄糕、蘿蔔糕和年糕一併拿出來頂替，成為另類生日蛋「糕」。大家開懷地談天説地，直至午夜才道別。

出來社會工作的日子愈久，工作或應酬的伙伴便愈多。但當有一天「退下火線」之後，還會有多少「朋友」剩下？我眼見過一些以往身居要職的人士，退休後便「人去茶涼」、倍感空虛寂寞，難以適應平淡的日子。一位前輩説得好，不要因為工作繁重或位高權重而疏遠那些多年來對你真心的「豬朋狗友」，因為他們從來在乎的只是你而不是你的身份。

快樂生日，其實可以不需要甚麼名貴禮物，也不用別出心裁的節目。懂得珍惜眼前人，每一刻好好地相處，其實簡簡單單已極好。

二〇一七年二月六日

金曲當年情

每逢過時過節，我都喜歡安坐家中，享受着寧靜的日子。今年的這幾天我沒怎麼打開報章，因為很想在經過整整一年的紛擾和衝擊後，可以於年尾時候讓自己靜靜的沉澱一下。

電台電視台年尾總會各自舉辦年度「十大金曲」頒獎典禮。近年雖然也有不少優秀作品，但不知怎的，對我來說，這些創作總是欠缺了一些甚麼。

於是我打開了一箱已塵封多時的黑膠唱片，企圖重拾那份少年十五二十時的情懷，緬懷那些年的味道。

在這一箱「當年金曲」內，我發掘了以下一些可能已被遺忘的作品，不得不在此分享一下：

(一)《傷心的小鸚鵡》

「……離別你，哪隻畜生不悲傷？我每次都會抱抱那白綿羊。籠中的小鸚鵡，不肯再歌唱。傷心的小鸚鵡，想起你不歌唱。」還記得陳迪匡嗎？這首歌是我學生年代的「失戀飲歌」。把失戀情懷轉化於小鸚鵡和白綿羊身上是多麼的具創意！只是，當年的那群「傷心的小鸚鵡」現在大多已變成飛不起來的肥爸爸了！

(二)《愛情蝙蝠俠》

「Batman! I am the Batman of love! 用盡我心，醫妥你心！」真的精彩！郭小霖／林振强的這首歌夠創意嗎？當年與我於西貢露營的一眾Batman們，何時我們可以「保外就醫」，再次一起披上蝙蝠戰衣呢？

(三)《我說過要你快樂》

「……我說過要你快樂，讓我擔當失戀的主角，改寫了劇情，無言地漂泊。」雖然不少歌手重新演繹這首一九九〇年代的好歌，我覺得原唱人吳國敬的 rock 味始終無人能及。終有一天我要重組當年無人認識的「巨人三重 band」，再戰江湖！

（四）《堤岸》

「……隨着風飄忽，波光略泛輕揚。願人群那哀傷，與海波飄往，心比那月明朗。」可能大家對黃敏華的名字感到陌生，也未必有留意這首民歌，其實這首歌是 6 pair 半年代的傑出作品。還記得蘇施黃、楊振耀嗎？當年全賴這班天才 DJ 陪伴我度過無數個挑燈夜讀的晚上。

（五）《離別的叮嚀》

「落花飛舞飄滿大地，月色黯淡不禁唏噓。別意恨茫茫，別了倍傷悲，樑上燕一雙偏分飛……」如果你沒有聽過張偉文現場演繹這首歌，那麼你可能不知道怎樣才算得上是「靚聲王」。還記得當年與爸媽一起在牛頭角屋邨聆聽這張黑膠碟……

（六）《六月天》

「與你到海邊，悠悠漫步六月天，浪似細沙軟，心裏有千言……」還記得陳秋霞的獨特歌聲嗎？現今很多「宅男」會把自己封閉於網絡世界內，而當年的我們在少年十五二十時卻是沉醉於收音機旁邊，或真的跑到海灘去尋找夢中情人。

（七）《似夢迷離》

「情癡總有缺憾，情深總要別離，天意愛弄人，誰人可退避？……在歲月中愛情繼續流離，是甜是苦，愛情似夢迷離。」從一齣港產殭屍愛情片認識這歌，我才領略到何謂動人心弦，阿 Lam 獨特的沙啞聲線，把歌詞描述的無奈發揮得淋漓盡致。

（八）《舊夢不須記》

「……舊事也不須記，事過境遷以後不再提起。從前情愛，何用多等待，萬千恩怨讓我盡還你。」雷安娜的演繹是一絕，但令我驚嘆是黃霑先生的文采。不知道當年他是抱着怎樣的心情去寫出這般灑脱的歌詞？

（九）《鮮花滿月樓》

「春風到人間花開透，幽香四溢百花滿月樓……春光過後會再回頭，知心愛伴世間最難求……」除了金庸小説，我也喜愛古龍的陸小鳳。還記得上官飛燕與花滿樓在百花滿月的高樓相遇嗎？這首歌先寫景，後抒情，加上張德蘭的字正腔圓，世上還可以有更完美的作品嗎？

（十）《心有千千結》

「網着了千千哀愁，心有千千結緊扣。一扣心裏已懷千千憂，千扣也得接受。」石修與鍾玲玲合唱……沒有聽過嗎？請教你的爸爸媽媽吧！

時光荏苒，但有些東西總是歷久常新，像好歌，何時一聽再聽，都會帶給我不同的感動。

二〇一八年一月八日

歲月神偷

上星期四是女兒中學畢業的大日子，當天我不斷提醒自己要準時離開醫院，早點到典禮場地。因為觀禮的座位是先到先得，我很希望找到個好一點的位置。

擔任醫學院院長以來，我經常以主禮嘉賓的身份出席中學畢業典禮，坐在台上「居高臨下」地看着一張張興奮的面孔，手機總是不停地向着台上的嘉賓及學生閃個不停。當天我卻第一次以家長身份坐在台下，自己拿着手機不停地向台上拍照。易地而處，角色轉換，才真正地感受到家長的心情。

等了良久，好不容易才見到一班穿着禮袍的畢業生魚貫入場。望穿秋水，我終於在人群中找到自己女兒的蹤影。歲月，是一個不折不扣的神偷。何時它把那個「親親 daddy」的小女孩掉包了？此刻站在台上的竟然是一位亭亭玉立的少女，我彷彿忘記了這些年，女兒已漸漸長大，她不再是那個貪吃粢飯的小孩子了。只是自己還停留在那些美好的時光，不住緬懷女兒小時候常常倚在身旁的片段……

歲月不知不覺地把我的孩子偷走了。

工作是歲月的幫兇，過往十多年我經常埋首工作，下班只不過是把辦公室搬回家。我也是飛機場的常客，一年有三分之一的時間在天空中或異鄉度過。公幹的日子往往落在週末及假期，不少個中秋都不能人月兩團圓。孩子成長的階段被工作不斷地侵蝕。在我腦海中，那些年有不少空白的日子，任憑我多努力尋索，也只剩下依稀模糊的印象。

跟別的盜賊不一樣，歲月不會和我做交易，多少贖金也不能夠把「親親 daddy 的小女兒」換回來。有一位前輩說得很好：「我們往往因為工作而犧牲孩子最需要我們的時候，他朝一日我們事業有成，但孩子已經不再需要我們了，所留下來的，只是過眼雲煙的成就和孩子的背影。」

曾經讀過龍應台在《目送》的一篇文章：「我慢慢地、慢慢地了解到，所謂父女母子一場，只不過意味着，你和他的緣份就是今生今世不斷地在目送他的背影漸行漸遠。你站在小路的這一端，看着他逐漸消失在小路轉彎的地方，而且，他用背影默默地告訴你，不用追。」

看着台上的女兒，心裏百感交集。彷彿她已漸行漸遠，不再需要daddy為他買粢飯；而我，也只有站在這個原有的位置上，遠遠地、用心地看着她，努力地記住這刻與女兒交會的時光。

二〇一八年五月二十八日

執筆這夜，正是大女兒最後一晚在家中度過，明天大清早她便獨個兒遠赴海外升學。一個人呆坐在沙發，沒有甚麼可以幫得上，只好默默地倒數……

從此，家中便少了一個蹦蹦跳、喜愛大叫大嚷的小女孩。以往我享受孩子睡覺後寧靜的晚上，可以獨個兒一邊聽着音樂、一邊工作，直至深宵。今晚之後，我忽然有點兒憂慮夜闌人靜的感覺。以往女兒好像一個管家，不喜歡我無心睡眠。從今以後，再沒有人管我這隻貓頭鷹，因為女兒的房間已是空空的，她再不會從房間中走出來檢查我是否睡了。人，本來就是這般矛盾的動物。

現今科技先進，任何時間都可以用 Facetime 或 WhatsApp 傾談和見面。科技似乎把人與人的關係拉近，可惜不能夠把時光留住。過往十多年，除了公幹或應酬的日子外，其實每天都可以見到女兒。合指一算，究竟自己花了多少時間與女兒閒話家常，或聆聽她成長的心路歷程？以往不太在意這個傻孩子的天真話語，如今孩子已長大了，那些孩子話已不再。科技，可以把千里以外的影像傳回家，但留不住當年的天真爛漫。人，本來就是不懂得珍惜手上所擁有的幸福。

過去數月，我嘗試挑戰歲月神偷，要把美好的光景留下，企圖尋回已失去的回憶。於是，只有我和女兒兩個跑到首爾去重拾父女情。雖是寥寥數天，但日子過得異常開心。從大清早於明洞喝咖啡，直到深夜還流連於弘大的街上。美中不足的，就是我不懂得把工作完全放下，手機總是響個不停，已分不清究竟是工作太繁忙，還是自己太執着、放不下。人，本來就是營營役役、浮浮沉沉於苦海卻不能自拔。

曾聽說過女兒是爸爸前世的情人，今世到來是向你討回未了緣。看着孩子健康快樂地成長是極大的安慰，但看着她漸漸遠去、留不住的背影，鼻子總是酸溜溜，還是戴上了墨鏡，把眼睛藏於看不透的鏡子背後……

二〇一八年十月一日

憶故友

上星期我出席了一個沉重的喪禮，向一位比我年輕的醫生好友道別。

這位故人與我有一些共通點，大家都是出身草根、土生土長的香港人。當年我們於醫學院一起接受教育，後來我選擇了科研教學，這位高材生則選擇了當一個服務病人的外科醫生。

很多年前，他的精湛醫術已經躋身名醫之列，但他從來沒有因此沾沾自喜或追名逐利。反而他卻出心、出錢、出力回饋母校，還召集了不少醫生校友一起協助醫學院，栽培了一代又一代的醫科生。他不單傳授技術，還身體力行教育年輕人如何做個好醫生，時常提醒他們要努力學習，打好根基，也要秉持醫德。他説過：「躺在手術枱上的，都是一個又一個寶貴的生命，絕對不能有絲毫鬆懈。」

我這位好朋友很少說甚麼大道理，總是默默地以身作則，示範一個好醫生如何關心病人、留心每個細節，為他們設計最適合的治療方案，讓患者得到最好的照顧。在我心目中，他是一個非常值得敬重的醫生，是醫生的典範。

最後一次見面是他離世前一個月，當時他的癌病已擴散至腦部。雖然是病入膏肓，他仍非常惦記着一班醫科生，還熱切表達他捐助的意願，希望讓更多窮苦學生有機會踏足海外、放眼世界。他深信必先認識世界之大才能夠懂得自己的不足。家人也秉承他的遺願，出殯當日的晚上，他太太及兒子也忍住傷痛出席舊生聚會，以示支持他那份毋忘初衷的心志。

是的，我這位故人是個不折不扣、實實在在的好醫生。他一生人對病人盡心盡力，直到最後一刻仍不斷為身邊的人付出，守護着他們。也許他已經完成了上天給他的使命，上天現在把他從這個紛亂的世代接回天家安息。

看着網上許多的留言和悼念，緬懷這位醫生過往行醫的種種，可以知道他的一生幫助了不少病人和他們的家庭。

常言道：「上醫醫國、中醫醫人、下醫醫病」，我卻覺得是「上醫」更要懂得「醫人」，因為很多苦難都是源自人心。只要盡心盡力去對待每一個病人，減輕病者和家人在肉體的痛苦和心靈的困擾，即使再普通的醫生也是「上醫」。

我有幸與這位一直以「醫人」為念的「上醫」並肩同行多年。即使他離開了，他留下的傳奇故事及美好典範，將會永遠地留在我們每一個人的心中；激勵我輩行醫者學習他「以人為本」、凡事以病人為念的精神。

二〇一九年十月二十八日

一個沒有口罩的週末

今天是星期六，也是香港面對新型冠狀病毒疫情的第四週。由於今天沒有安排臨床工作，加上響應防疫呼籲，所以我便留在家中休息。大清早起床，才發覺一些日用品已所剩無幾，正打算到附近超市入貨，竟發現家中一個口罩也沒有！

雖是醫生，下班後便是一個普通市民，買不到口罩也無可奈何。我在醫院工作的時候固然有足夠的防護裝備，但總不能把防護公物帶回家私用。既沒有特殊途徑入貨，也沒空排隊搶購，所以全家人只能夠注重個人衛生，減少涉足人煙稠密的地方，經常洗手及盡量避免觸碰口鼻。

儘管如此，我今天還是要到超市補充日用品。想到自己並沒有任何症狀，最近在醫院也沒有接觸傳染病人，過去兩星期亦沒有往返大陸，所以我決定在沒有口罩的情況下到超市去補充日用品。

從家裏步行到超市約十分鐘，街上行人比平日明顯少了很多，空氣不覺混濁。我一路上不斷提醒自己，雙手要盡量避免觸摸公共設施，例如不要觸摸扶手電梯等。

一踏入超市，便發現不少市民忙於入貨，架上的消毒用品及食糧早已一掃而空。幸好我需要的日用品並非街坊搶購的目標，只是排隊付款的人龍不短，旁人不時向我這個「沒有戴口罩的人」報以奇異的目光。見到身邊所有人都戴上口罩，我想我還是「安全」的吧。

返家後我第一時間便用皂液洗手，而這個週末的「超市之旅」也就如此平安完成了。

請不要誤會，我不是認為口罩不重要，也不是鼓勵心存僥幸或對防疫掉以輕心。能夠有充足的保護裝備固然最理想，只是現實情況往往未能盡如人意，我們就在有限的條件下盡力做好，保護自己和身邊的人。

面對新型病毒來襲，我們還是要生活、還是要面對每天的挑戰。盼望我們能夠更加堅強，齊心抗疫，早日打勝這場硬仗。

二〇二〇年二月三日

陳家亮秘製海南雞飯

熟悉我的朋友，都知道我是非常愛吃「雞」和「飯」的人。平時在醫院上班，我經常到職員餐廳買白切雞飯。但如果可以外出吃飯的話，海南雞飯才是我的至愛。

最近因疫情關係，少了出街吃飯的機會。要吃海南雞飯，便惟有自己親自下廚。動手製作海南雞飯，更是我做夢也沒有想過的。

好味的海南雞飯，最理想的當然是走地雞配上那碗帶黃帶香的雞油飯。講到雞，香港在這方面真的是今非昔比。還記得小時候，吃的都是走地雞，雞有雞味，而且肉質彈牙有口感。時移世易，香港再沒有以往農村的走地雞了。對我來說，冰鮮雞不但沒有雞味，而且肉質很腍，更談不上嫩滑彈牙。

人總是要向前望的。既然現實環境有諸多限制，惟有從自己可以控制和改變的空間下手。不能出街吃海南雞飯，便自己親自動手做；沒有新鮮走地雞，就從飯下手，希望可以做到惹味的雞油飯。處境縱是不完美，總有讓我們可以呼吸的空間。

檢查大腸我就做得多，煮雞油飯的經驗就真的沒有幾多了。於是我惟有上網找菜譜，買了一堆黃薑粉、斑蘭葉和香茅等等，像做實驗一樣不斷嘗試。

結果？當然就是失敗！但本着科學家的精神，我就是不斷失敗，不斷嘗試。經過多次的屢敗屢戰之後，最終我煮出了味道獨特、自成一格的「陳家亮秘製海南雞飯」。

許多人以為原產地的菜式必定最好味，例如海南雞飯必定是東南亞的最好。當然，各人有各人的口味，但嘗試過不同地方的海南雞飯後，我這個香港仔還是覺得自己努力的出品是最好味的，不用跑往別處尋美食。

今次的實驗我得了一個結論：只要願意嘗試和付出努力，院長醫生也可以煮出令人再三回味的「秘製海南雞飯」。雖然未必人人都會欣賞我的「廚藝」，但那又何妨？能夠自得其樂、自娛其中，便能心寬。

想起啟功先生的對聯，不禁覺得「能與好友嘗雞飯，不將世故繫情懷！」

二〇二〇年八月十七日

我自小已是一個漫畫迷，可惜少年家貧，只可以在馬路邊剪髮時才有機會閱讀漫畫。當年流行的街頭漫畫是充滿暴力色彩的《小流氓》。那些年是中國功夫及本地漫畫熱的時代，於是《龍虎門》的王小虎、《中華英雄》的華英雄及《風雲》的聶風便陪伴我長大。

上了大學後，我便漸漸愛上了日本漫畫，現在還收藏整套《城市獵人》。漫畫主角孟波表面上是個放蕩不羈的私家偵探，骨子裏卻黑白分明、鋤強扶弱。他經常嘲笑女助手惠香是個「男人婆」，其實他對惠香既是一往情深，卻又把愛埋於心底。上一代的男人可能都是這般不輕易顯露自己的內心世界吧。

在漫畫世界中，我印象最深刻的還是《男兒當入樽》及《叮噹》。《男兒當入樽》描述一班高中生，為追求全國籃球爭霸的浪漫夢想，流盡不少汗水與淚水。主角櫻木花道是個大情大性的男孩子，他本是個對籃球一竅不通、被眾人嘲笑的門外漢，但他眼裏只有全國爭霸及令他着迷的晴子小姐，終於他成為最傑出的籃板王。其實故事的中心思想就是堅持那顆拼搏、打不死的赤子之心。雖然道理很簡單，可是在現實世界裏願意為夢想堅持到底的人還是少數。

論創意、論人情味，我還是首推《叮噹》。叮噹是一隻來自未來世界的機械貓，與大雄這個呆呆笨笨的孩子建立了真摯的友情。當了科研工作者多年，我總覺得叮噹口袋裏的科技產品充滿創意及令人歡喜雀躍。如果可以的話，我相信很多人都想乘坐叮噹的「時光機」返回以前的香港……

叮噹與大雄的故事流傳很多不同結局，我曾經閱讀過一個版本是這樣的：「當大雄年老病危之際，他勸叮噹返回未來世界過新生活。但大雄死後，叮噹並沒有回到未來，反而坐時光機返回與大雄初次相遇的時刻，重新再開始他們的緣份。」

在我心中，這些漫畫角色都有血有肉、至情至性。他們眼中的摯友或意中人，總是十年如一日，猶如初見。

人與人的相處，起初大都是美好的。隨着經歷多了、風雨多了、摩擦多了，當初的美好漸漸褪色，慢慢地便冷淡下來，最後靜靜轉身而去，不留下一點痕跡。

但願人生若只如初見，叮噹說：「即使重新來過，我還是會選擇你。」

二〇二〇年八月三十一日

在這段漫長的抗疫日子裏，日間在醫院工作，晚上參與視像會議，其他的社交生活差不多完全停頓。雖然生活沒有以往多姿多彩，但卻多了時間閱讀書籍，這當然包括我喜愛的漫畫。我也翻看了不少舊電影去尋回當年情。

早兩天偶然在書架上找到一套一九九〇年代的港產電影《年年有今日》。這並非一套票房冠軍或家喻户曉的作品，電影的故事很簡單，概念也脱離現實，但卻有值得品嘗的味道。作品改編自舞台劇，故事發生於一九六〇年代，男主角梁家輝是一名有婦之夫，因颱風溫黛襲港而滯留大嶼山，認識了即將結婚的女主角袁詠儀。他們於狂風暴雨的晚上一夜訂情，雖然第二天感到後悔，但卻約定了「年年有今日」，相約每年於大嶼山那間出租屋重聚。縱使兩人平日活在截然不同的世界，但此後的數十年，兩人卻排除萬難，每年在這天相會。這一年一度的約會已成為他們的習慣及最期待的日子，當中亦因此鬧出不少笑料。他們沒有擦出任何生活的火花，卻發展出一段細水長流的愛情。電影情節橫跨了三十年，帶出了不同年代的社會畫面及男女主角的心路歷程，也有不少令人唏噓的天王巨星如李小龍、張國榮等穿插其中。

曾經閱讀過一些文章，當中提到幸福對每個人的定義都有所不同，很欣賞以下幾段文字：「塵世間不是每個相遇都有美滿的結局，但無論道路如何崎嶇，在途中總會拾得到一些你的幸福碎片，即使緊握在手裏會被割損滲血……」「人生路上我們會有不同的經歷、體驗和感受，我佛雖說一切唯心造，但亦只有人的心，才能真正擁有這塵世間的一切……」

在現實世界裏，這些電影情節也許不會出現，但對着能與我們每天相聚的家人及至愛，可否想過這是何等值得珍惜的緣份？曾有人這樣說：「如果可以再活一次，我想多和你相聚，告訴你對我有多重要，少為那些無聊事爭執，多認真看你眼中的世界，多聆聽你的意見和感受，多愛你一點。如果，我可以再活一次。」

二〇二〇年九月七日

最好味的中秋月餅

小時候，中秋節是大日子，月餅更是上品。媽媽為了一家人有月餅吃，每年都去那些月餅老字號供「月餅會」。聽說月餅會會員有優惠，隨月餅附送「豬籠餅」。其實「豬籠餅」只是用剩餘的月餅皮打造成肥豬形狀的餅，放於塑膠製的豬籠內，寓意豬籠入水。由於月餅很矜貴，童年的我只可以分配「豬籠餅」及一片可能沒有蛋黃的月餅。所以小時候我經常用沒有蛋黃的月餅勉勵自己，將來要努力掙很多盒月餅回家。

長大了，中秋節便是與同學開心共敍的日子。以往一家人晚飯後必然到公園點燈籠，年輕的我卻匆匆吃過晚飯便帶着背包，三五成群跑到獅子山、鳳凰山賞月，玩到通宵達旦才回家。正是仔大仔世界，爸媽從來都沒有半點怨言。

上了醫學院後，中秋節並不一定是假期，有時候我也需要留在醫院實習。還記得有一年中秋，我通宵留在產房學習接生，一晚接生了三個女嬰，創下了「外父」醫學生的紀錄。

生活環境改善了，媽媽再不用辛勞地準備中秋節晚飯。每年我與弟弟都帶爸媽到不同的高級食府過節，菜餚雖是色香味俱全，飯後也有各式各樣的月餅。但總是欠缺了些甚麼，沒有小時候的鹹蛋黃送飯、一人一楷「蓮蓉月」的味道。

如今爸爸走了，媽媽的記憶力也日漸衰退，再高級的食府，更美味的中秋菜餚也不再是人月兩團圓。

今年中秋節，適逢限聚令，既不能全家外出同枱吃飯，便乾脆與媽媽及弟弟一家留在家中過節。雖然沒有鮑參翅肚，亦找不到豬籠餅，但只要一家人齊齊整整便好了。

「花間一壺酒，獨酌無相親。舉杯邀明月，對影成三人。」原來只要一家人在一起，吃一楷沒有蛋黃的月餅也比獨個兒嘗整個雙黃蓮蓉月更好味。

二〇二〇年九月二十八日

認真便贏了

近幾年很常聽到人說：「認真便輸了！」似乎在安慰大家，做人處事不必太認真，不要過份執着，應該輕鬆一點過日子，免得自己活得太辛苦、太勞累。

工作了數十年，與不少人共事過，也帶領過不同的團隊，發現真的是「一樣米養百樣人」。你交託同一件工作，不同的人會有不同的反應和處理方法。有些人目光遠大，總希望做大事，倘若你交付的工作不是他心目中的大事時，他便覺得「大材小用」，會輕忽馬虎地處理了，甚至出現「托手踭」、「射波」等情況。也有一些人，即使你交託的不是他的工作範圍，或是再瑣碎也好，他都會盡力忠心地做，認真地做到一百二十分，效果令人喜出望外。

一個機構成功與否，非常視乎是否用人得宜。經歷過數十年的工作洗練，特別是這幾年擔上院長一職後，我愈來愈傾向把重要的工作，交給那些在小事上認真努力的同事。因為他們在小事上展現了認真的態度和工作能力後，你便有信心給他幹更大的事。我想這也是中國人所說的「見微知著」吧。

最近我看到一個真實故事，講述美國標準石油公司有一名小職員，總會在他的簽名下加上「每桶四美元的標準石油」字樣。其他同事都嘲笑他的怪異行為，但石油公司的董事長知道後卻非常欣賞，因為「竟有員工如此努力的宣傳自己公司的聲譽」，並在自己卸任後，委任這名小職員繼任他的董事長一職。

這個故事說出了我的心聲。或者石油公司內有許多人的能力和才華都在這名小職員之上，但如此這般地認真和忠心地把工作做好，甚至想盡辦法去把工作做到這種極致的，就無人能及這名小職員了。

一個機構內，可能未必每個員工也是「尖中尖」，但假若他們都認真盡責地做好自己的工作，我絕對有信心這機構的成就，絕對不會比那些內裏全是精英但只幹自己想幹的事的機構遜色，甚至可以過之而無不及。

我又想起《聖經》上一句話：「人在最小的事上忠心，在大事上也忠心；在最小的事上不義，在大事上也不義。」誠然，一個人如果連小事、容易做的事也做不好，或事事斤斤計較，我們又怎能有信心，認為他有能力、有熱誠地去把更大更重要的工作完成呢？

我自己認為，做人做事忠心和認真是必須的，重點其實在於「認真」和「執着」的分別。只要當自己「認真」、「忠心」地去做一件事，便可以問心無愧。至於結果如何、別人的看法如何，就不用太「執着」、太介懷了。

在人生和工作的舞台上，我會換成說「認真便贏了」、「執着便輸了」。

二〇二〇年十月十二日